大畫情聖
六
東窗事發
上山打老虎 著

【目錄】

第八六章
神鬼莫測

在場之人，大多數都是要赴藝考的各地學子，此時紛紛安靜下來，心裏想，眼前這張老先生的行書已是厲害無比，今日又撞見了這沈公子，更是神鬼莫測，看來今年的藝考是藏龍臥虎，要想高中，不容易啊。

張猓凝神去看，這一看，便覺得沈傲的佈局別具一格，平生未見，可是這佈局，卻又說不出個好壞來。

高手之間，只需看佈局，便可看出對方大致的實力，張猓忍不住叫了聲好，道：「沈公子年紀輕輕，就有如此造詣，雖及不上顏魯公，卻已是很難得了，後生可畏，後生可畏。」

沈傲繼續書寫，用的卻是狂草，楷書他是斷不敢用的，方才人家提到了楷書的老祖宗顏真卿，自己再用楷書，就難免有挑釁之嫌。他只想來這裏喝茶吃些糕點，可不敢再惹麻煩。

沈傲行書，自也有一副大張大闔的氣度，再加上寫的本就是狂草，自動筆之後，手腕不停，一氣呵成，在紙上寫道：

「成仁取義死猶生，千古雙忠弟與兄；忠孝神仙無二理，人間天上自成名。」

最後一個「名」字收尾，沈傲額上已是滲出了些許冷汗，終是吁了口氣，擱筆道：「獻醜，獻醜。」

眾人先是看詩，這詩韻律不錯，詩意卻是有些平白，可是這一看，卻不少人道：「此詩正配得上顏魯公的生平，沈公子，這詩作得好。」

顏真卿在世時，因為清正廉明，屢受排擠。安史之亂生之後，他聯絡從兄顏杲卿起兵抵抗，附近十七郡相應，被推爲盟主，合兵二十萬，使安祿山不敢急攻潼關，因此被敕爲太子太師、魯國公。到了他的晚年，淮西節度使李希烈叛亂，奸相盧杞趁機借李希烈之手殺害他，派其前往勸諭，顏真卿明知是死，仍然一往無前，接受使命，前去叛軍營中，被叛將李希烈縊死。

這句詩所描繪的忠義死節，豈不正是顏真卿的生平。沈傲寫出這詩來，就已讓山竹房裏再無人對他憤憤不平。

張傑看了這詩，忍不住喜滋滋的道：「沈公子好詩才。」

眾人又去看案上的草書，草書原本是脫胎於隸書的一種字體，爲了書寫方便逐漸演化而成，不過到了這個時候，草書已有了自己的風格，自成一體。

只是宋時的狂草比之後世，在演化上，卻仍有大量隸書的痕跡，草書的形式上沒有完全脫胎出來。沈傲寫的草書，卻自成一體，與這個時代的草書大相庭徑。

眾人看過沈傲的書法，頓時不由一愣，此帖點畫簡約、凝重，亦較含蓄，結字工整，法度森嚴。整篇觀之，氣息古樸溫厚，沉著痛快。這樣的草書筆法當真是見所未見，張傑忍不住神采飛揚，道：

「好帖，好帖，如此行草，當真是世所罕見，失敬了，沈公子。」

這一次是鄭重的向沈傲抱拳行了個禮，隨即黯然道：「以沈公子的行書，想必也是要參加藝考的嗎？」

在場之人，大多數都是要赴藝考的各地學子，今日特來求香拜佛，便是期望佛祖保佑，此時聽張猓鄭重其事的說起藝考之事，紛紛安靜下來。心裏想，眼前這張老先生的行書已是厲害無比，今日又撞見了這沈公子，更是神鬼莫測，看來今年的藝考是藏龍臥虎，要想高中，不容易啊。

沈傲頷首點頭：「學生已經報考了，只是這考場的規矩卻還不懂，說出來不怕先生笑話，學生這一次也是懷著誤打誤撞的心思去的。」

張猓笑道：「你若是誤打誤撞，別人就不必考了。其實老夫嘛……」他臉色略有些紅，捋著白花花的鬍鬚道：「老夫已連續考了六場，可是這六場下來，卻無一次登榜，哎，這也是運數，老夫是想好了，若是這一次再不高中，便絕了藝考的心思，再不來這汴京，待在鄉里含飴弄孫也就是了。」黯然失色的繼續道：「可惜老夫練了一輩子的書法。」

唏噓一番，眾人紛紛為之惋惜，要說張猓的書法，絕對算是上乘，連他都屢試不中，可見這藝考的殘酷。

張猓哂然一笑道：「這是運數，考不中便考不中吧。沈公子，若說起這藝考的規矩，你問老夫就算是對了。藝考分為兩場考試，先是考經義文章，只有過了經義，方能進行下一場書畫考試。書畫考試則是按畫、書、棋、阮、玉、琴排列，每日考一場，若沈公子報的是書考，則是在考完經義之後，隔日繼續考第二場。」

他微微一笑：「若是兩場考試都過了，則在七日之後進行殿試，過了殿試，則由官家排出三甲、進士、同進士來。沈公子，以你的才學，參加殿試應當不成問題的，不過經義考可要當心，其實對於我們這些藝考的考生來說，最難的不是藝考，恰恰是經義考。」

沈傲倒是並不擔心經義考，畢竟是監生，這半年來的辛苦也沒有白費，心裏卻忍不住還是有些發虛，自己連報了畫、書、阮、玉四場考試，這一路考下來，非要累死不可，到時候還要參加四場殿試……壓力好大啊。

張猓見沈傲略有踟躕，以為他也是畏懼了經義考，心裏想：「若是這位沈公子都考不中，那當真是可惜了。」好言提醒道：「沈公子，其實這藝考，對於我等來說，最大的對手，則是太學書畫院，太學書畫院已成立百年之久，授課的都是翰林書畫院的博士，一邊教授經義，一邊學習琴棋書畫，他們既有名師指點，又大多都有天分，這些人，實力都不容小覷，因此，往年藝考，能獲取藝考名額的，其中一半以上，都是太學書畫院的太學生。遇到這些人，沈公子可要小心。」

沈傲頷首點頭，心裏便笑，又是太學生，哥和太學生有仇啊，怎麼每次都是他們，哎，這一次倒是不知是這些書畫院的學生打本公子的臉，還是本公子去打他們了。

這時，空定、空靜兩個和尚奉上茶茗、糕點上來，眾人喝了茶，張珠道：「沈公子，老夫要回客棧去練習書法了，我們回頭再見。」長身而起道：「汴京有沈公子這樣的書法行家，老夫服了，有緣再見吧。」

沈傲笑呵呵的道：「下一次見面，若是能與張先生在殿試中碰頭那就更好了。」

張珠哈哈一笑：「但願如此。」說罷，告辭出去。

竹山房裏的人，大多都只是想看看熱鬧，此時見張珠走了，遂都紛紛散去，一下子便冷清下來，周若這才進來，對沈傲道：「表哥，他們都是要去赴考的考生嗎？」

沈傲頷首點頭，笑道：「看來這一次藝考的聲勢大的很，菩薩如今有的忙了，你看這熙熙攘攘的香客，十個就有八個是來求高中的，我要是佛祖菩薩，只怕想哭的心思都有。」

周若嗔怒道：「就你會胡說。」

一旁的空定連忙默念佛經，道：「阿彌陀佛，公子莫要打誑語。」

沈傲呵呵一笑，對空定道：「我險些忘了，這裏是山門，不能亂說話的，該死，該死。」

空定心裏道：「就是到了外頭也不能胡說。」卻只是苦笑，他心知沈傲的爲人，也就不再多說了，道：「沈公子能來，竹山房蓬蓽生輝，請公子少待，我和師兄一道去烹飪一壺好茶，做一些上乘的糕點來。」

匆匆去了，沈傲道：「釋小虎呢？這小子怎麼還沒來。」

周若道：「你整日念叨那小沙彌做什麼，那小沙彌壞死了。」她還記恨上一次來，被釋小虎搜身的事，俏臉一紅，憤恨的想：「見了那小和尚，一定要好好教訓教訓他。」

恰在這個時候，釋小虎天真浪漫的蹦跳進來，飛快的跑到沈傲這邊，喜滋滋的道：「沈施主，你來了，我的糖葫蘆呢？」

沈傲笑嘻嘻的從百寶袋裏掏出油紙包裹的小包來，遞給他，摸著他的光頭道：「小虎長高了，來，讓我來啵一個。」抱著釋小虎，要去親他的光腦袋。

釋小虎笑嘻嘻的躲開，從油包裏撕出幾串糖葫蘆來，捏出一根來吃，乖乖的坐到周若和沈傲身邊去，看著周若道：「周姐姐，你吃不吃糖葫蘆？」

周若臉色陰暗，道：「不吃。」

「哦。」釋小虎舔了舔那果糖，笑嘻嘻的道：「我就知道你不吃。」很幸福的舔著糖葫蘆，一邊道：「沈施主，以後或許我再見不到你了。」

沈傲道：「這是爲什麼？」

釋小虎道：「我娘叫我還俗，說是現在官府發放的度牒越來越少，沒了度牒，月錢就少了，與其這樣，不如回鄉去幹農活。」

沈傲無語，這釋小虎是什麼都敢說啊，這傢伙做和尙也太功利了吧，工資高就來，沒工資就跑，有這樣的嗎？佛祖菩薩在天有靈，非淚流滿面不可。

釋小虎黯然道：「可是我不捨得我師父師叔，我不想回鄉去。」

沈傲道：「那你想做什麼？」

釋小虎歪著頭想了想，又舔了舔糖葫蘆，道：「我想做行走江湖的大俠客，鋤強扶弱，替天行道。」

沈傲道：「好樣的，這個理想很崇高，你沈大哥沒有白教育你一場。」

釋小虎又黯然道：「可是我爹娘說，高來高去的大俠客也是要吃飯的，要做俠客，也要做個白日種地，夜裏行俠的俠客。」

沈傲冷汗直流，抿嘴無語。

釋小虎抬眸看沈傲，道：「沈大哥，我就怕白天要種地，夜裏還要行俠仗義，一時忙不過來，這可就糟了。師父說，做人不能三心兩意，分了神，就什麼事都做不好。」

周若道：「所以你這大俠你還是不要做了，專心的種地就是，你一身的蠻力，正好有了用武之地。」

沈傲板著臉道：「表妹，你怎麼教人墮落，種地有前途嗎？這樣好的孩子，你教他種一輩子地，豈不是害了他。依我看，小虎可以去蒔花館做保鏢，有哪個不開眼的嫖客敢鬧事，一個拳頭下去，砸死他們。」

釋小虎歪著腦袋：「蒔花館是什麼？」

「這個……這個……」沈傲眼睛滴溜亂轉，一時不知該怎麼解釋了，想了想道：「那是仙女們住的地方。」

釋小虎眼睛一亮：「那我要去看看，仙女都長什麼樣。」

沈傲拍著他的腦袋，語重心長的道：「是啊，要去看看，小虎，你想想看，仙女是不是不容人褻瀆？」

釋小虎猛地點頭：「對。」

沈傲又道：「可是這世上有很多壞人，他們就是要打仙女的主意，該怎麼辦？」

釋小虎攥緊拳頭：「釋小虎絕不讓壞人們欺負仙女姐姐。」

沈傲猛地一拍釋小虎的腦殼：「年輕人，你有這樣的菩薩心腸，保衛蒔花館，保衛汴京城安定團結的重擔就交給你了。」

釋小虎黯然道：「我白天還要種地呢。」

沈傲瞪眼道：「種個屁地，每個月我給你十貫月錢，還種什麼地，你且在這裏再做幾天小和尚，等你沈大哥去藝考完了，再給你安排出路，放心，有沈大哥在，你不但是個大俠，而且不用擔心餓肚子。」

夫人那邊聽了高僧誦經，沈傲吃了空定、空靜親自做的茶水糕點，三人才慢吞吞地下山，這沿途的景致也沒什麼好逛的，便直接回國公府了。

回到府裡，沈傲又收了心，一心一意地讀書、做文章了。過了幾日，藝考之期已是到了，先是經義考，晌午進行，一直到傍晚收場。

大清早，沈傲從容地梳洗一番，而後容光煥發地去夫人那裡坐了坐，又被國公周正叫去了書房。

這一次考試事關功名，爭的是緋服魚袋，只要高中，立即便可直入翰林院，因此，比之國子監的幾次會考要隆重得多，周正亦是很看重，在書房裡鼓勵沈傲一番，便道：「這一次若是高中，公府裡擺上百桌流水宴，一定要好好慶賀一番。沈傲，現在許多同僚都已問起了你藝考的事，你莫要讓諸位叔伯失望。」

沈傲點頭，看來周正的壓力也很大，大家都知道自己是個天才，若是這一次馬有失蹄，周正在同僚和一些好友面前也抬不起頭來。想著周正對自己幾乎比對親兒子還要好，沈傲心中感激，下定決心道：
「姨父放心，沈傲一定爭個進士來。」
周正捋鬚便笑：「要爭，就爭前三甲，進士和同進士有什麼意思。」
沈傲汗顏，周正對自己的期望還真是高啊，不過本公子不怕，好歹報了四場考試，就算馬有失蹄，也不可能四場都失了。
從書房出來，劉文鞍前馬後地教人做好了準備，馬車、夾帶的筆墨，還有考場中吃的食盒都已準備好了，笑嘻嘻地對沈傲道：「表少爺，劉文祝您一舉高中。」
沈傲呵呵笑道：「若真是高中了，只怕夠你忙的。公爺說了，若是中了，便擺上百桌流水宴，到時候這迎客、籌備的任務可都得交在你身上。」
劉文道：「只要表少爺高中，劉文就是再苦再累也是高興的。」
沈傲哈哈地笑了，劉主事最近拍馬屁的功夫見長了，看來內府主事確實是個鍛煉人的差事，反倒是自己，這門手藝最近好像有點兒生疏了。
到了府門口，又被周若叫住，周若今日不再對沈傲板著臉，面帶微笑地道：「表哥，你來。」
沈傲踱步過去，道：「表妹有什麼要鼓勵我的嗎？」
周若隨即露出她慣有的冷若寒霜的面孔道：「誰要鼓勵你。」頓了一下，臉色又緩和了許多，便又道：「你好好考，我做了一個香囊，你先戴著。」說著，捧出一個精致的香囊來。

這香囊像極了魚袋，只是紋飾和外觀略有不同。所謂魚袋，是唐、宋時官員佩戴的證明身分之物，因此在民間，許多人在節慶、科考時，佩戴一樣類似於魚袋的香囊取個彩頭。

沈傲接過這香囊，輕輕一聞，有一股梅香，針線也縫製得極好，摸上去，有一股柔滑之感，沈傲感激地朝周若笑道：「謝謝表妹。」

周若道：「說謝沒有用，你用心去考，不要讓大家失望。」

沈傲將魚袋綁在腰上，連連點頭：「爲了不浪費表妹的心意，沈傲也一定要考出個好結果來。」

今天自醒來到現在，他已不知向多少人承諾這句話，可是這一次，他倒是出自真心實意，表妹待他好，他要十倍百倍地奉還回去。

周若點了一下頭，旋身道：「你快去吧，不要耽誤了，我去陪我娘。」

馬車到了國子監、太學，已是不能再前行了，遠處熙熙攘攘，已是水泄不通，不得已，沈傲下車步行，教車夫先回去。

鑽入人群中，考生什麼樣的都有，有的已是白髮蒼蒼，有的和沈傲一般大，但一個個都顯得精神奕奕，那遠處，便有一溜兒考官開始發放考號，沈傲尋了個隊伍排了隊，隨著隊伍緩緩而行。

足足半個時辰，總算擠進來，考官抬眸看了他一眼，隨即喜道：「原來是沈傲，沈傲，來來來，聽說你這一次報了四場考試。」

沈傲也認得這考官，乃是國子監的學正，連忙執弟子禮道：「學生見過學正大人。」

學正眉飛色舞，捋鬚道：「不必多禮，方才唐大人還在四處詢問你是否拿了考號呢，想不到他前腳剛走你就來了。國子監裡，參加藝考的不過寥寥幾人，你是最有希望高中的一個，用心去考，不能教人小看了國子監。」

沈傲連忙點頭，笑嘻嘻地道：「這句話從清早到現在，已無數人說過了，大人……」沈傲換上苦臉：「大人就不必再落俗套了，到時候學生當真高中，大人請學生吃頓飯如何？」

學正微微一愣，這樣大膽的學生可不多見，更何況他身為學正，負責國子監裡的規章懲賞，因而監生們見了他，都如老鼠見了貓，這個沈傲倒是一點都不怕他。

學正不太習慣與監生這樣交流，乾笑道：「好，只要你高中，什麼事都可商量。」

說著，便將考牌給了沈傲，沈傲捏著牌子，從人群中擠了出去。

考牌上寫的是太學甲排辰號，這與後世的考場沒什麼區別，太學是應考的場地，甲是分區考場，至於辰號則是考棚，沈傲夾帶著食盒、筆墨匆匆趕到太學考場去。

他是第一次進太學，心裡有些發虛，好在這裡人流如織，倒也沒有人注意到他，迅速地尋到了考區，到了考棚，給監考的胥吏交了考牌，便在辰號考棚裡安頓下，食盒自是放到最後的，筆墨攤在考桌上，等待考試。

沈傲在這個世界，經歷的考試也不算少，不過這一次，顯然比以前參加升學考試更加隆重，非但有胥吏在場，還有禁軍前來檢查夾帶、作弊，考官不再只是由禮部出面，翰林院、鴻臚寺的官員也紛紛充作考官，規模比之科舉不遑多讓。

足足等了半個時辰，所有考生都已就位，便聽到梆子響起，胥吏們在四處扯開嗓子道：「開始……」

一副副試題分發下來，沈傲打開題目，卻是眼睛一下子瞪大了，喃念道：

「這……這也算試題？」

第八七章
癡人說夢

不過，唐嚴今日卻是來錯了，國子監想在藝考上和太學爭個高低？

這不是癡人說夢，須知太學書畫院乃是大宋琴棋書畫最高的學府，

又有專門的翰林博士授課，這樣優渥的條件，誰能擋得了太學書畫院的鋒芒？

所謂試題，只是一個〇字形的圓圈，沒有文字，只是一個符號而已。雖說藝考的經義大多並不正規，並不需要向科舉的試題那樣完全出自四書典籍。可是畫一個圓圈作試題，這也太恐怖了一些。

沈傲一時苦笑，頓時想起一些流言，因為是藝考，所以藝考的經義往往與科舉的經義大相徑庭，因此，藝考的出題官最喜歡出的便是一些偏題，怪題，既考查考生的學習基礎，另一方面，又能考察考生的急智，可是今年的題目不但夠偏，而且怪極了，世上哪有畫個圓圈當題目的，這是逗人玩嗎？

真是無語！

沈傲凝起眉，便聽到附近的考棚裡傳出一陣陣哀嚎聲，看來被這題目嚇到的不止是沈傲一個。

哀嚎傳出，頓時有幾個胥吏衝過去呵斥道：「大呼小叫什麼，快噤聲，否則拖出去！」考場這才平靜下來，不知多少人流出冷汗，對著試題發呆。

「圓圈，圓圈……」沈傲聚精會神，喃喃念叨著這兩個字，圓圈代表什麼？或者說可以代表什麼？又該如何引申出聖人的道理來。

破題是關鍵。問題是，靠一個圓圈引出一個破題來，其難度可想而知，這需要多高的想像力？

沈傲咬著筆桿，一時出了神，心裡暗罵出題官，直把祖宗十八代都反覆了幾遍。這出題官一定是個變態，拿這樣的題目來，簡直是有虐人傾向。

雖是這樣想，可是沈傲倒是沒有沮喪，畢竟這種題目對他來說很難，可是對其他的考生來說亦不容易，所有人都是公平的，倒是不至於憤世嫉俗。

呆呆地想了許久，沈傲苦笑，別說靈感，就是連頭緒都沒有，他做了這麼多的經義文章，可是第一次發現，世上竟有這樣的難題。

抬頭望望天色，天穹萬里無雲，難得天氣放晴，溫和的陽光灑落下來，倒是令人精神一爽。

「不行，不能再耽誤了，一定要想出破題之法，否則連經義考都過不了，還怎麼參加藝考？」沈傲心裡暗暗一凜，又抖擻精神，望著這圓圈發呆。

天氣如此之好，老子的心情卻這麼壞，哎，果然是福無雙至啊，天氣好了，可是這試題卻讓人爲難，早知道，沈傲寧願陰雨綿綿。

咦，天色，天，天圓地方，這個圓，豈不正好代表了天嗎？天是什麼？天地君親師，天是老大，是萬物的主宰啊。有了……

沈傲突然露出笑容，彷彿生怕靈感消失似的，連忙提筆，在宣紙上寫道：

「聖人立言之先，得天象也。」

簡單的一句話便算是破了題，意思是，聖人在著書立說之前，往往已經掌握了事物的發展規律。古人天圓地方，人道本乎天道，所以這句破題，便將圓圈代指爲天，又由天引申到聖人身上去，如此一來，這題便算是有了眉目。

接下來的承題、開講，只需圍繞「聖人立言」這四個字來作文章就行了。

聖人著書立說，這個題目可就大了，就是洋洋灑灑寫出個幾萬字來，對於沈傲來說也算不得什麼。

沈傲的手腕開始輕鬆起來，有了破題，之後便一氣呵成，一直到束股、落下，吁了口氣，擱筆去檢查自己的文章，連自己也覺得頗爲滿意。心裡憤恨的想：

「出題官，你這龜兒子，想陰哥哥我，門都沒有，哈哈……」不無得意的想了想，便覺得有些餓了，將試卷收起來，提食盒出來吃了幾塊糕點。

一直到太陽落西，便又聽到梆子聲響，胥吏們紛紛道：「收卷，收卷了，全部停筆……」

沈傲走出考棚，心情自然是鬆快極了，對他來說，藝考雖然干係重大，可是畢竟他並沒有將自己的人生壓在這藝考上，不管是做生意還是科舉，他可以選擇的道路並不少，因此，他的考試心態從容灑脫，倒是並不顯得凝重。

反觀身邊的考生，有的凝眉，有的開懷大笑，有的呼朋喚友，有的暗自垂淚，不消說，單這個題目，便已難倒了不少人，只怕許多人又白考了一趟，要重新等待三年之後的考試了。

隨著人流出了太學，考生們仍遲遲不散，沈傲正要走，恰巧被幾個相熟的監生攔住，這個問：「沈兄，這一次你考得如何？」那個說：「沈兄莫非已經想出來了破題方法？」

沈傲和他們打著哈哈，見他們一臉唏噓的模樣，心裡想：「不是吧，你們都沒有破出題來？這可是整整一下午啊。」他心裡不知是喜是悲，哎，死讀書要不得啊。

回到公府，劉文幾個翹首以盼，遠遠看到沈傲，匆匆迎過來，道：

「表少爺……，表少爺……考得如何了？」

沈傲呵呵一笑，滿是懊惱的道：「不好。」

劉文臉色大變：「表少爺是大才子，怎麼會出岔子呢？哎呀呀，這可如何是好。」

鄧龍迎上來道：「沈公子，考得如何？」

沈傲直翻白眼，心裡想：「這一路回來淨是這些沒有營養的問題，哎，連鄧龍這樣的大老粗都沾上了這個壞毛病。」撇撇嘴道：「還行。」

「還行？」鄧龍托著下巴，咀嚼著沈傲的話，不知這話是謙虛呢，還是真的不太行？

進了府，遇到的則是周恆，今日難得沈傲要考試，周恆也收了心，沒有出去玩，在這等結果。「表哥，考得如何？」

「第三遍了。」沈傲心裡無語，回答道：「還不錯！」

周恆眉飛色舞的道：「表哥出馬，自然沒有問題的。」

進了後園，便撞到了周若，周若矜持道：

「表哥怎的這麼早回來了，莫不是考得不好吧。」

「好極了！」沈傲摸了摸腰間的香囊，笑呵呵地道：「不是小好，是大好，這一次穩定過關的。」

周若喜上眉梢，道：「你可莫要太過得意，須知人有失手，馬有失蹄，到底好不好，可不是你說的算，得看考官如何的。」

沈傲謙虛的道：「表妹說的是，我要謙虛，要謹慎，所以剛才劉主事問我考得如何，我說不好。」

周若竊笑道：「劉主事一定很難過，他這幾日一直都念叨要你考個頭彩的。」

沈傲道：「失望越大，等我考中了，他的喜悅就越大，是不是？後來那個鄧龍問我考得如何，我說還行。」

周若問：「這是什麼緣故？」

沈傲道：「因爲他本身對藝考不感什麼興致，問這一句，多半是出於客套，所以我回個還行，不鹹不淡，省得他多想。」

周若覺得頗有道理。

「再後來，我又撞見了表弟，我的回答是還不錯。」沈傲呵呵笑著繼續道。

周若問：「這又是爲什麼？」

「表弟這個人，做什麼事都喜歡打破沙鍋問到底，他是了解我才華的，所以我這樣回答，不會讓他糾纏。」

周若道：「那你爲什麼回答我說好極了？」周若看著沈傲，目光中顯出幾分期待。

沈傲笑呵呵地道：「這是因爲只有表妹最關心我，這個喜訊，第一個要告訴的自然是表妹。」

周若撇了撇嘴，完全不上沈傲的當，冷哼一聲：

「你還是去佛堂給我娘報喜吧，我娘才關心你呢。」

是了，夫人那邊只怕還在等消息，沈傲不再逗留，飛快往佛堂去了。

這一夜過去，自是幾家歡樂幾家愁，那題目實在太難，想出破題之法的，自然心存僥倖，可是尋不出破題之法的，自是黯然失色，輾轉難眠。

在太學裏，卻是數十個考官通宵忙碌，油燈點亮，幾十個穿著緋色官衣的考官不一而足，俱都是正襟危坐，批閱試卷。端茶倒水的胥吏早已乏了，可是考官們不歇息，他們也只有撐下去。

油燈搖曳，考官們或驚或喜，時而挑眉冷笑，時而喜上眉梢，手中的朱筆下落，便決定了一人的命運；有幾個疲倦的考官則是到東廂的榻上去歇一歇，一邊喝茶，一邊相互說起所閱的試卷。

這個道：「今年的經義考，只怕能破題的也不過十之存一，能引申出大道理的，哎……」

說話的考官搖頭：「只怕已是萬裡挑一了，方才閱卷時，我倒是見到一個太學生的卷子，這人叫王守一，此人的破題倒是頗有意思，那一手行書也極令人悅目；至於其他的，都是些歪瓜劣棗，偶有破題的，也大多詞不達意，過於牽強。」

另一個考官道：「這倒是，今年的經義考實在太過刁鑽，也不知是誰出的題，不過，咱們雖是考官，卻還要謹記『寬容』二字，這些考生趕考不易，只要能破題，能錄取便錄取吧。」

眾考官紛紛點頭，這些人大多嘗過趕考的心酸，自是不足爲外人道哉，若是過於苛刻，非但要受士林非議，自身也覺得過不去；更何況，今年不知是誰出的題，其難度超過歷次經義考，若是不放寬標準，只怕到時候要尋幾個參加藝考的人都沒有。

一個考官笑道：「不知今日，能不能尋出一篇佳作來，若如此，也不枉通宵達旦了。」

眾人都笑，就連侍立的幾個胥吏也不禁忍俊不禁，有人紛紛搖頭道：「難，只怕要教吳大人失望了。」

應考的考生大多都是奔著藝考去的，這些人大多是雅士，所謂心無二用，一個人專注於琴棋書畫，自然在經義文章方面要略差一些，否則也不會來參加藝考了。

從這些人中尋出一篇佳作，自是緣木求魚；若說是科舉，倒也罷了，話說回來，那些經義高手又豈會參加藝考？只怕心高氣傲，直奔著科舉去了。

正說著，卻是一人進來，眾人紛紛舉目看去，便都笑起來：

「唐大人怎麼還沒有睡，成大人前腿剛走，你便來了，倒像是兩人約好了似的。」

來人正是唐嚴。

唐嚴略顯疲意，尋了個位置坐下，道：「無心睡眠，只好來陪諸位大人喝茶了，不知這試卷閱了多少？」

一個考官道：「還早著呢，就是到了天亮，也閱不完。」

唐嚴呵呵笑道：「倒是教諸位辛苦了。」

眾考官卻紛紛竊笑，辛苦？大家哪裡及得上唐大人辛苦，唐大人的來意，其實大家都明白，這太學、國子監之間的明爭暗鬥，朝中之人或捲入其中，至不濟的也心裏有數，那成養性成祭酒前腳剛走，唐大人的來意還不清楚嗎？這是來打探消息的。

不過，唐嚴今日卻是來錯了，國子監想在藝考上和太學爭個高低？這不是癡人說夢，須知太學書畫院乃是大宋琴棋書畫這類雜學中最高的學府，每年培養的藝考太學生高達百人之多，都是從各州各路擇優挑選的優秀人才，又有專門的翰林博士授課，輔之以經義博士教學，更收藏有無數名畫、行書摹本，棋譜、琴譜更是數不勝數，這樣優渥的條件，誰能擋得了太學書畫院的鋒芒？

至於國子監，歷代的藝考之中，幾乎看不到監生的蹤跡，若是有人高中，那更是稀罕得很。

說得難聽一些，今年的藝考，就是有一個監生中了藝考，那也足以讓唐大人揚眉吐氣了，可是這樣的機會，嘿嘿……眾考官心如明鏡，卻都是暗暗搖頭，難，太難了；莫說天下的雜學雅士紛紛聚集京師，就是有太學書畫院這塊大石，入圍也難得很。

眾人一邊和唐嚴閒聊，一邊喝茶，幾個考官回去閱卷，又有幾個疲倦的考官過來；倒是唐嚴，顯得不疾不徐，如老僧坐定，一副決心等結果的架勢，教人對他生出些許佩服。

油燈不知添了幾次火油，幾個胥吏已是昏昏沉沉，雖是站著，卻大多眼皮子開始打架了。眼看就要到拂曉，雞鳴聲陣陣傳來，便有個好心的考官道：

「唐大人，你還是早些去歇了吧，說實話，這結果，等了也是白等，你這又是何苦。」

唐嚴抖擻了些精神，卻是呵呵一笑，笑容中卻帶有些許淡然，又似是有幾分篤定，道：「不妨的，反正已坐了這麼久。」說著，又慢吞吞地去喝茶。

其實在往年，唐嚴是斷不會來這裏自取其辱的，藝考一向和國子監沒多大關係，可是這次，他卻是興沖沖地趕來，心裏似乎多了幾分期盼，讓他徹夜難眠。只是時間一點點過去，他心裏頗有些緊張，呆呆地坐在錦墩上，也不知自己今夜是怎麼了。

那考官見唐嚴不聽勸，暗自搖了搖頭，便起身去廳裏閱卷。

這時，突然聽到隔壁閱卷的一個考官呀的一聲道：

「此文不錯，可列第一。」

東廂的幾個考官連同唐嚴俱都抖擻起精神，紛紛到正廳去，便看到一個考官揚著卷子，其餘的官員也紛紛圍過去，這個道：「此人的書法圓潤細膩，有大家風範。」另一個道：「這破題破得好，熬了一夜，倒是終於看到一個破題、承題、開講、收股俱佳的好文章，看來這經義考也是藏龍臥虎的。」

唐嚴心裏一陣激盪，擠過去道：「讓老夫看看。」

他湊過去，一看這經義的署名，心裏便是一陣狂喜，那署名處寫的恰恰是沈傲兩個字。

「這一夜的辛苦沒有白費，沈傲果然過了經義。以他的行書，要考中書考斷不成問題。至於畫考、阮考、玉考，就要憑他自己的本事了。天可憐見，國子監總算有藝考進士了。」

唐嚴雙腿抖顫，心情激動得無以復加，可是在眾人面前，卻又要收斂這幾分喜意，不得不作出一副淡然的模樣，道：

「聖人立言之先，得天象也。這一句破題恰到好處，文章也寫得極為優美，不錯，不錯……」

他看了全篇的文章，心中更是喜不自勝，沈傲的經義文章，他是知道的，想不到短短一個春假，沈傲的經義文章竟是一日千里，有了長足的進步，後生可畏，後生可畏啊！以沈傲現在的實力，就是進科舉，只怕也有幾分中試的把握，若再加以磨礪，前途無量啊。

唐嚴不禁暗暗吃驚，心中不由地想，這個沈傲的背後，莫不是有名師指點他的經義？否則進步爲何如此神速？就算他的天資再聰穎，也是絕不可能做到的。

「是了，是陳濟陳相公，啊呀呀，我竟險些忘了，這個沈傲還有一個陳先生，難怪，難怪，有陳濟相公指點，再加上沈傲自身的資質，有這樣大的進步也不足爲奇。」唐嚴在心裏尋出了答案，眼眸中閃過一抹竊喜，將試卷還回，卻沒有表示任何意見。

按常理，閱卷的正廳是不許閒雜人進來的，就算身爲祭酒也不行，如今搶看了試卷，雖說考官們並沒有苛責，可是若再表示意見，就有偏幫之嫌了。他悄悄退出正廳去，孤零零地仍舊去東廂喝茶，只是方才喝茶和現在喝茶的心境卻完全不同罷了。

正廳裏傳出聲音道：「這一篇經義，老夫以爲是最好的，不但行書優美，破題新穎，就是整篇文章也是花團錦簇，若是沒有更好的文章，此文就列爲第一如何？」

眾考官倒是並無意見，紛紛道：「如此甚好。」

倒是有人奇怪道：「此人的經義文章作得不差，卻是爲何寧願來藝考，若我是此人，寧願去科舉試試運氣。」

「人各有志，這有什麼稀奇的，我們還是繼續閱卷吧。」

藝考通過之後，也可當官，可是在讀書人心目之中，若是有實力參加科舉，是絕對不會去考藝考的。

雖說當今官家即位以來，屢屢提高了翰林書畫院的地位，可畢竟藝考主要考的還是雜學，雜學在許多人的心目中雖說可以增加情調，可是畢竟不算是正統。因此，一個經義文章如此錦簇的傢伙竟是來參加藝考，自然令考官們生出疑惑。

倒是東廂裏的唐嚴心裏暗笑，這些考官自然不懂沈傲的心思，可是唐嚴卻能猜測幾分，藝考對於沈傲，多半是一場磨礪的機會，這朝廷又不曾說藝考高中之後不許科舉，今日先拿個藝考進士，到時候再去取個真正的進士出來，那才是真正的才子。

他心中又想，待沈傲當真高中，他還是要打打沈傲的銳氣，須知藝考經義就算得了第一，可是相比科舉來說，仍舊算不得什麼，來參加藝考的，又有幾個是真正的經義高手？

次日晌午，榜單終於貼了出來。一些汴京遊手好閒之人，早已盯上了這門買賣，記下登榜之人，便去各大客棧報喜，伸手不打笑臉人，更何況登榜已是值得喜慶的事，自然少不得讓人掏出一筆錢來打賞。

其中祈國公府最是熱鬧，一來嘛，沈公子高居榜首，這個喜報得值當，這第二嘛，自是祈國公闊綽，出手定是大方得很，跑這一趟，喜錢是斷少不了的。

因而只片刻工夫，便有數十至上百個報喜人在外鼓噪，這個道：「恭喜沈公子經義考第一。」那個說：「沈公子是文曲星下凡，天下第一。」

其實藝考的經義考排了榜首，若說第一，實在有些牽強，可是畢竟是榜首，他們這樣說，也挑不出什麼錯，倒是惹得沿途而過的幾個書生掩鼻而走，頗爲不屑。科舉經義文章第一，自然是人人心服口服，可是經義考，這水份就大打折扣了。

劉文興沖沖地跑到佛堂去，又驚又喜地道：

「表少爺，表少爺……」

劉文顧不得規矩，竟是不等通報就直闖了進去，惹得夫人略微不滿，夫人雖是慈眉善目，可是府上的規矩卻是管得極嚴的，尤其是內府，這裏是女眷住的地方，多有不便，身爲主事，竟如此莽撞，自然惹來夫人的不滿。

劉文上氣不接下氣地道：

「表少爺……報喜人來了……」

這一句報喜人，頓時令佛堂中的夫人和周若喜上眉梢，夫人問：

「上榜了？」

一旁伺候的香兒也是機靈的，小心翼翼地給劉文捧上茶來，劉文喝了口茶水，神采飛揚地道：「何止是上榜，這一次經義考試，表少爺名列第一。」

佛堂裡頓時喜氣洋洋，尤其是夫人，臉上掩飾不住喜意地道：

「好，好，這便好了，沈傲有出息！快，快去封賞銀，打發報喜人，不要吝嗇，每人一貫錢吧。」

劉文喜滋滋地去了。昨天他還以爲表少爺考得不好，心情頗有些失落，須知在這府上，沈傲雖是主子的身分，卻是待他不錯，與他都是以朋友相待的，沈傲有出息，劉文在府中的地位自可穩固。

夫人自是喜不自勝，一方面，沈傲算是她的娘家人，有出息，她與有榮焉；這其二，是她一向看重沈傲，沈傲出人頭地，自是她日夜期盼的事；便又道：

「香兒，去廚房說一聲，今夜多做幾個菜，將酒窖裏的幾瓶好酒取來，先小賀一番，等沈傲藝考中了，再設大宴。」

香兒臉上緋紅，看了這表少爺一眼，心裏也頗爲高興，她和春兒私下關係是極好的，春兒據說是去了邃雅山房，早晚要和沈傲結親的，她這個姐妹自是高興。另一方面，這表少爺待人也好，和藹可親，平時雖是油口滑舌，可是心地卻是不錯的。香兒想著這些，喜滋滋地應著，飛快去了廚房。

過不多時，卻是石夫人連同幾個侯爺的夫人一道來拜訪，她們也是剛剛聽了這事兒，都道是夫人好福氣，這一番下來，自是熱鬧極了。

到了夜裏，沈傲便被周正叫去，今日這書房中，倒是多了幾個人，有衛郡公石英，還有御史中丞曾文，大理寺卿姜敏，眾人紛紛落座，似是在談什麼重要的事，等沈傲進來，便都換上笑容，沈傲分別行禮，向曾文問了曾歲安那位老朋友的事。

曾文笑道：「前幾日他還寄來了家書，說在任上一切安好，特意問起你的事，說是他從前讀書時，留下不少筆記，如今這聖賢之書再無機會看了，便想叫我轉贈給你。」

沈傲頗有些尷尬，他與曾歲安，算是不打不相識，其實兩人的關係說差自也不差，說好，卻沒有到過於親密的地步，曾歲安更像君子，讓沈傲和他在一起，雖有喜悅，卻有點兒不自在，曾歲安在家書中提及自己，可見他是將沈傲當作至交好友的。

沈傲心裏一暖，連忙道：「學生謝過，過幾日我修書一封給他，要給他講講做官的大道理。」

石英呵呵一笑：「你這小子，還未做官，便教人如何做官了。」

沈傲欠身坐下道：「學生沒殺過豬，卻還是知道豬肉是什麼滋味的。」

這一句話說出來，眾人紛紛笑了，周正捋鬚忍俊不禁道：「不可在石郡公面前無禮。」

沈傲連忙正色道：「是。」

石英呵呵笑著擺手：「無妨，沈傲就是這樣的心性，若是教他正襟危坐、恭默守靜，那便不是沈傲了。」

下首的姜敏附和道：「這倒是真的，老夫就吃了他的大虧，所以心裏告誡，往後遇到了他，一定要小心注意。」

沈傲嘿嘿笑，這位姜大人，還在爲輸了自己七百貫錢而心痛呢。

周正正色道：「這一次沈傲考得不錯，但也不要驕横，藝考藝考，重視的是個藝字，唯有琴棋書畫過了，才能算高中。這一次教你來……」

周正沉吟了片刻，卻不知如何說起，便對石英道：「石郡公，你來說吧。」

石郡公呵呵笑道：「你倒是會推諉，好吧，我來說。」他的表情也凝重起來：「沈傲可報了玉考？」

沈傲頷首點頭，道：「正是。」

石英道：「這一次玉考，大皇子也報考了。」

大皇子？石英不說倒也罷了，沈傲頓時露出憤恨之色，奶奶的，那傢伙現在還沒有把鑑寶大會的彩頭送來，哥們到處托人去旁敲側擊，他卻是裝作沒事人一樣，哎，這個人的人品怎麼這麼差，也太小氣了。

沈傲見石英表情凝重，試探地問：

「郡公莫不是教我考試的時候故意放水，讓大皇子奪魁吧？」

石英卻是輕輕一笑，眼眸中掠過一絲難以捉摸的意味，高深莫測地道：

「恰恰相反，這一次玉考，你一定要奪魁，絕不能讓大皇子高居榜首。」

沈傲抿了抿嘴，只頷首點頭，便不再說話了。心裏卻在想，這是怎麼回事？莫不是石郡公這個小集團與大皇子之間不太對盤？

一定是，否則絕不會如此鄭重其事的叮囑自己。

這倒是有意思，當今皇帝的皇子們怎麼都熱衷於考試，有個皇三子偷偷去參加科舉，還考中了狀元，如今，大皇子也不甘落後，要參加玉考，怕也是奔著狀元去的！

是啊，三皇子深得趙佶的喜愛，身爲大皇子，一向在趙佶面前灰頭土臉，這個大皇子是要仿傚三皇子，也考個狀元出來，博得趙佶的喜歡。想想看，大皇子若是通過了考試，參加殿試，在滿朝文武滿面若是奪魁，是多風光的事，就是趙佶，對他的印象也會改觀。

這個深藏不露的大皇子，打的算盤好響，那些殿試上參加玉考的人，得知了他的身分，誰敢和他一爭雌雄？只要他的水準不差，這玉考狀元是穩穩當當的。

不過，石郡公叫自己去和大皇子打擂台，卻又是什麼緣故？莫非……莫非石郡公和自己姨父，還有曾大人、姜大人都是皇三子黨？

沈傲頓時明白了！裏面的水好深啊！阻撓大皇子奪魁，就意味著與大皇子結仇，到時大皇子又會採取什麼手段卻還不得而知。

不過……沈傲苦笑搖頭，其實從一開始，他就已被人綁上了戰車，或者說是自己歡天喜地的跳上了這輛戰車，路是自己選的，現在他就算如何討好大皇子，在天下人眼裏，有了周正這層親屬關係，他也是大皇子的眼中釘。

沈傲鄭重地點頭道：「沈傲明白了，請諸位叔伯放心，只要沈傲能進殿試，一定盡最大的努力阻撓大皇子奪魁。」

周正嘆了口氣，道：「沈傲，我的心意，原本是不想讓你捲入這場是非，只不過你應當明白，公府與你一榮俱榮，如今卻也是實在尋不出更好的人選，普天之下，能與大皇子較量辯玉之術的，只怕唯有你了。」

沈傲驚奇道：「怎麼?那個大皇子很厲害?」

姜敏插嘴道：「何止是厲害，簡直是狀若鬼神，大皇子自小便喜愛辯玉之術，宮中王府的珍寶不計其數，又有名師指點，沈傲你想想看，這樣的人，會有這麼簡單嗎?」

沈傲點頭，其實鑑寶術說難也難，說易也易，要學成這門藝術，所需的財力物力非同小可，一個窮苦人家，連古董都沒有摸過，還學個什麼?唯有那些家財萬貫之人，才有學習的機會，這大皇子所遇到的古玩何止十萬，只要真有這門興趣，認真去學，必然會有成就，若是有名師指點，那更是事半功倍了。

偏偏這位大皇子最不缺的就是名師，只要他有興趣，什麼人請不到？

石英道：「沈傲，你切莫大意，據說這大皇子非但眼力極厲害，鼻子也優於常人，十分靈敏，坊間流傳，大皇子遇到的古玩，只要聞一聞氣味，便可爲古玩斷代，要想在辯玉上贏他，非全力以赴不可。」

聞一聞氣味？沈傲頓時表情凝重，在古玩界，確實有這麼個傳說，說是有的人鼻子極爲靈敏，而不同時期的古玩氣味是不同的，一些擁有天賦的鑑寶人便可通過聞味來斷定古玩的真僞、年代，只可惜沈傲只是聽說，卻從來沒有見過誰擁有這樣的本事，想不到這大皇子還真是深藏不露，憑著這隻鼻子，就已比自己增加了幾分優勢了。

「好，本公子倒要和這大皇子比一比，看看誰才是天下辯玉第一人。」遇強則強，碰到這樣強勁的對手，沈傲心裏生出爭強好勝之心，心裏暗暗鼓勵道。

第八八章
頂級畫師

趙伯驌，乃是宋朝著名畫家趙令穰次子，也是著名畫家趙伯駒從弟，

趙令穰一門三畫師，都是名揚千古的頂級畫師。

尤其是花鳥山水的造詣，更是令人難以相背。

強人啊，沈傲算是第一次就近觀摩名人。

第二日便是畫考，先前的經義，已將許多人淘汰，因此，今日應考的人倒是不多，只有寥寥百人而已。

這百人之中，要選出七八個佼佼者出來，便有了加入殿試的資格，因此，能通過經義考而進入畫試的考生，倒是個個躊躇滿志，紛紛聚在太學門前，準備開考。

沈傲姍姍來遲，遠遠地便有人道：「他便是經義考第一的沈傲。」

這一句話出來，自是無數人注目過來，有羨慕的，有嫉妒的，有不屑的，五花八門，各有其表。

沈傲臉上帶著笑，昨天睡了一個好覺，今日醒來，精神颯爽，眼看著許多人等候多時，心裏慶幸自己來得不晚。

迎面一名公子搖著紙扇，帶著幾個同伴過來，這公子劍眉星眸，衣飾華美，舉止之間，似有一股若有若現的華貴之氣，望向沈傲的眼眸，既有幾分躍躍欲試，又頗爲不屑，走至沈傲身前，眼眸上下打量沈傲，微微笑道：

「敢問可是沈傲沈公子嗎？」

人的名氣一大，便什麼人都尋來了，沈傲心裏作苦，臉上帶笑道：

「敢問兄臺高姓大名？」

公子倨傲地道：「在下趙伯驌，賤名不足掛齒。」他雖然嘴上客客氣氣，可是神色之中，卻隱隱有居高臨下的氣勢。

趙伯驌？沈傲連忙道：「久仰，久仰。」

這一句「久仰」絕不是客套，這個人，他還真的聽說過，不但聽過，而且早在十年前，他就已知道此人的大名；趙氏三大家，擅長山水畫的人，誰沒有聽說過這父子三人的大名？

趙伯驌，乃是宋朝著名畫家趙令穰次子，也是著名畫家趙伯駒從弟，趙令穰一門三畫師，都是名揚千古的頂級畫師。尤其是花鳥山水的造詣，更是令人難以相背。

強人啊，沈傲算是第一次就近觀摩名人。只是這趙伯驌在他心目中的形象，應當是鬍鬚花白的糟老頭才是，可是站在自己面前的，卻是一個眉清目秀的貴公子，這反差有那麼一點點大，他心裏不由地想：

「趙伯驌的畫風沉穩細膩，眼前這個人不像啊，都說畫如其人，這差距也太讓人意想不到了。」

趙伯驌聽他一句「久仰」二字，便以為沈傲故意打趣，冷哼一聲，道：「虛偽。」

沈傲也不是好惹的，就是畫風成熟之後的趙伯驌，他也有一拼之力，更何況，眼下的趙伯驌還是一個屁大的孩子，呃，好像自己現在的年紀也和他差不多。慚愧，慚愧。

沈傲板著臉道：「趙兄這是什麼話，道一句久仰便是虛偽，那麼，在下是不是該說一句無名小卒，趙兄才與高采烈不成？」

論起鬥嘴，趙伯驌哪裏是他的對手，趙伯驌一時無詞了，冷著臉道：

「據說沈兄也要參加畫試？」

沈傲頷首：「沒錯。」

趙伯驌道：「沈兄是經義考第一，那好極了，這畫試卻是在下要名列頭名的，沈兄只怕要名列伯驌之後了。」

沈傲見過不要臉的，卻沒見過這麼不要臉的，你好歹也學學本公子，看看本公子多矜持，還未考呢，就叫囂要名列第一，臉皮之厚真是前無古人。

沈傲嘿嘿一笑：「哦？是嗎？」很是淡然蕭索的樣子，似是對趙伯驌的自吹自擂不感興趣，這傢伙擺明了是來挑釁的，說來說去，還是年輕人太衝動啊，看不得別人比自己厲害。

趙伯驌見他這副模樣，原以爲沈傲會暴跳如雷，誰知卻是一臉淡漠，頓感失望，道：

「沈兄這是什麼意思？爲何對在下的話不以爲然？」

對這種爭強好勝的小子，沈傲哂然一笑：「那麼要恭喜趙公子畫試名列第一了，哈哈，在下還有事，不奉陪了。」說著轉身要走。

「且慢。」趙伯驌叫住沈傲，同時用打量的眼色看著沈傲，道：「沈兄的畫技，在下並沒有見過，想必也是極好的，沈兄敢不敢和我賭一賭？」

「賭？賭什麼？」沈傲微微一笑。

趙伯驌道：「誰若輸了，就拜勝者爲師，在街上若是遇見，需執弟子禮，如何？」他的臉蛋紅撲撲的，熱血上湧，喉結湧動，眼眸頗爲熱切；這小公子滿肚子都是爭強好勝的心思，心裏估摸著在盤算，若是勝了沈傲，堂堂汴京第一才子給自己執師禮，定是一件風光得意的事。

沈傲慵懶一笑：「我無所謂，你要比，我奉陪到底。」沈傲依然微笑以對，而後便走開了。

梆聲響起，考生們紛紛入場，沈傲仍舊在原來的考棚，試題發下來，卻是一行小詩，上面用蠅頭小楷寫著：

「新妝宜面下朱樓，深鎖春光一院愁。行到中庭數花朵，蜻蜓飛上玉搔頭。」

這是一首唐詩，乃是詩人劉禹錫的手筆，沈傲略略一看，這是一首寫宮怨的詩，但這首宮怨詩與其它同類詩迴然不同。詩篇先出現一個精心梳妝、脂粉臉色相宜的年輕宮女，寫她一連串的動作流露出期待，最後變成失望的情態。

整首詩渲染的是一個愁字，女主角的舉止行爲那麼的優雅得體，那麼的閒適安舒，彷彿她正沉浸在這滿園春光中而怡然自得，可是事實卻不是這樣。

詩人通過寫人美、妝美、樓美、院美、花美、蜻蜓美、首飾美，然而命運卻不佳，不受君王的思寵，所以前面的「七美」，再美也是架空的，因此詩中的女主人公就要憂愁了。

此詩的特色在於用強烈的對比，說這位宮中女子在自身的氣質上、在物質待遇上均屬上乘，然而卻失寵於君王，因此只落得個同花與蜻蜓爲伍的可悲下場，讀罷令人心酸不已。

詩在整體上不動聲色，平心靜氣，實則內中隱藏了抒情女主角極大的悲哀在內，這種欲哭無淚、反裝歡笑的愁緒是最難狀寫的，而劉禹錫卻將它寫得如此出神入化、震撼人心，令人讀了都不由得扼腕。

了解了詩詞的意思，沈傲便明白了，這一次畫試只怕是要以詩作畫，要考生們用畫筆，將詩中的美人、遠樓亭閣、花鳥繪畫出來，這倒還是其次，最重要的是，要在畫中渲染出詩中的哀愁。

古人作畫，講的是一個意境，倒是和後世的抽象派頗有相似，重要的是抒發感情，講求的是飄逸、哀愁、高雅之美。

這個試題，說難也難，說易也易，難的是一個沒有宮廷生活的人，卻要繪出一幅宮廷畫來，明明沒有哀愁，卻要強畫出一股悲涼。沈傲屏息凝眉不動，一下子變得莊肅無比，提起筆來，卻並不急於著墨，而是不斷的尋找感覺。

若說畫山水閣樓，顧愷之最爲優秀，那一幅《洛神賦圖》不知道盡了多少哀怨纏綿，顧愷之的畫風在於意存筆先，畫盡意在，筆跡周密，緊勁連綿；其筆法如春蠶吐絲，輕盈流暢，遒勁爽利，稱爲「鐵線描」，造型布局六法俱全，運思精微，襟靈莫測。

古代各大畫師之中，顧愷之與師承他的南朝宋陸探微、梁張僧繇，並稱「六朝三傑」。時人就有「像人之美，張得其肉，陸得其骨，顧得其神，神妙無方，以顧爲最」的美譽。意思是說，顧愷之作畫，最爲傳神，而「神」，便是古畫的精髓所在，抓住了這一點，便足以開宗立派，名揚天下了。

沈傲深深吸了口氣，手腕終於動了，筆鋒與顧愷之略有相通，筆跡周密，緊勁纏綿，先是布局，打開底色，隨即開始畫瓊樓玉宇，這些景物，其實是容易畫的，景不過是鋪墊，是襯托，真正起點睛之用的，是人，是那哀怨絕倫，卻又強顏歡笑，在無數瓊樓玉宇，名貴花卉中的美人。

龍蛇鳳舞，用筆如飛，頃刻之間，景色已畫的差不多了，沈傲深深吸了口氣，手中的畫筆一窒，凝眉望著這畫中的宮廷山水，一時苦笑，幸好自己所見的宮廷畫不少，總算還不至於被宮廷畫難住。

倒是有些人慘了，明明生活在市井之中，卻要強畫宮廷畫，況且在這個時代，一個人要得到宮廷畫的摹本只怕都難如登天，這宮廷，只怕要教他們自己想像了。

接著隨即又想，這個題目倒是便宜了那趙伯驌，趙伯驌乃是大宋的宗室之後，其父更是身居要職，爵位亦不算小，進出宮廷也不算什麼難事，有了這種身臨其境的感覺，比尋常人的優勢又豈止多了一點半點。

他繼續作畫，筆鋒逐漸開始小心翼翼起來，整幅畫的中心重在畫人，只要人活了，整幅畫也就活了，人若是輕盈飄逸，整幅畫便灑脫脫俗，人若是悲涼，整幅畫自然而然的也增添了幾分蕭索。

作畫中女子時，沈傲雖用的是顧愷之的傳神手法，同時也吸取了張萱作畫特點，張萱乃是唐朝畫家，他善畫人物、仕女。他畫仕女尤喜以朱色暈染耳根，畫嬰兒既得童稚形貌，又有活潑神采。畫貴族遊樂生活場景，不僅以人物生動和富有韻律的組合見長，還能爲花徑竹榭點綴，皆極妍巧，注意環境和色彩對畫面氣氛的烘托和渲染。

尤其是張萱的一幅作品《長門怨》，所畫的乃是一名宮中仕女，更是他的巔峰之作。

一幅畫用兩種畫風，對於沈傲來說，確是一種前所未有的考驗，因此他屏息提筆，每一筆勾勒都是小心翼翼，絕不敢有絲毫怠慢，一筆下去，便立即縱觀整幅畫卷，以防止出現錯漏，之後才提筆繼續勾勒。

半個時辰過去，這仕女還未完成，沈傲的額頭上，已是熱汗連連，汗液流淌在他的臉頰、睫毛上，卻是一時忘了去擦拭，被汗水浸濕的手握住筆桿，一動不動。

終於，他長吐了口氣，勾勒完最後一筆。這幅畫彷彿抽空了他所有的精力，手中的畫筆重逾千斤，連忙拋開，雙手撐住書案，眼睛一絲不苟的望著畫，總算是將提起的心放下。

畫景用的是顧愷之的傳神之筆，畫人用的是張萱的濃艷手法，兩相結合，若是結合的好，自然是傳世之作，可是一旦出現錯漏，那便是一團廢紙了。

若是這幅畫出了差錯，再去重新畫出一幅，不但時間上來不及，精力上也不足以支撐；所以沈傲方才下筆，倒是頗有賭博的興致，幸好，他賭對了，整幅畫看上去傳神濃艷，絕不失為極品宮苑畫佳作。

「以後再也不用兩種畫法去作畫了，差點連心臟病都給嚇出來。」沈傲心中暗暗慶幸，害怕不已。

不過，鋌而走險確實是沈傲的風格，不管是在前世還是今生，他這個秉性卻是一直沒有變。

交了卷，沈傲自考棚中出來，連日的考試，已讓他略有麻木，慢慢地也習慣了這種生活，抬頭望望天色，艷陽高照，天氣極好，心裏略略放鬆下來，便想起一件事：

「竟是差點忘了，上一次借了唐姑娘的傘還沒有還回去呢！是不是該去還了？」

若是借了別人的油傘，沈傲倒是並不在意，一柄傘罷了，又不是多值錢稀罕的物事，但是他很清楚唐家的家境，心知以唐家的實力，只怕等到雨天，再沒有多餘的油傘用了。

這樣一想，便覺得油傘非還不可。恰好那趙伯驌也提著筆墨、食盒出來，見了沈傲，便踱步過來道：「沈兄考得如何？」

沈傲微微一笑：「尙可。」

趙伯驌扯出一絲倨傲的笑意，道：「我也考得尙可。」

「我又沒問你考得怎麼樣，你不打自招做什麼？」沈傲心裏頗有微詞，面上還是呵呵一笑道：「宮廷畫本就是趙兄的強項，譬如令襪先生，便一直以宮廷山水畫見長的，趙兄的這句尙可就太謙虛了。在下還有急事，先告辭。」

說著，沈傲飛也似地走了。

趙伯驌仔細回味沈傲那番話，很快便品出滋味了。不對啊，這傢伙的意思不就是說：本公子不善畫荒郊野外嗎？

這一點倒是戳到了趙伯驌的痛處，趙家三父子因是宗室子弟，按律是不允許離開京城的，因此所繪畫的景物大多都以汴京爲主，若教他們畫江南的小橋流水、蜀中的名川大山，那當真是爲難了他們。

趙伯驌忿忿不已，心裏情不自禁地想：

「哼，等貼了榜出來，看你能囂張到幾時。」

沈傲先回了一趟國公府，恰好便看到鄧龍手提著樸刀在前院練刀，一柄樸刀舞得虎虎生風，端是厲害無比，遠處幾個小丫頭竊笑而過，這傢伙愈發精神，竟是連連耍了幾個連滾翻，口裏呀呀直吼，風騷得很。

這貼身保鏢也算是閒來無事，沈傲的風頭過去，鄧龍便想回殿前司去，可惜指揮使大人卻又將他打發回來，三六不靠，心裏頗爲鬱悶，堂堂一禁軍虞侯，如今感覺自己一下子沒了編制，整日待在公府裏，抑鬱可想而知；好在府裏頭略有姿色的丫頭不少，他端正心態，便一心賣弄風騷了。

沈傲悄悄繞過去，回屋拿了油傘，又拿了幾張錢引溜出府去，買了些乾果、蜜餞，便興沖沖地去唐大人家了。

仍舊到了這庭院。叫了門，唐嚴便出來，見是沈傲，臉色略略帶笑：

「沈傲，考得如何?進來吧！」

沈傲進去，執弟子禮道：「剛剛考完，今日特來還油傘的。」

「油傘?什麼油傘?」唐嚴接過沈傲的油傘道：「老夫爲何不知?」

沈傲便將上一次的經過說出來，唐嚴聽罷，頓時遐想萬千，擺出一副金剛怒目的模樣道：「你這小子，爲何不早說?走，進去喝茶。」

沈傲進去，將乾果、蜜餞放下，唐嚴倒是沒說什麼，這個時代，師生的關係就如父子，送些小禮物，是再正常不過的事。

唐嚴便去隔間叫唐夫人燒茶，沈傲清楚地聽到唐夫人的聲音，道：

「那個沈傲?哦，是了，茉兒確是借了傘給他，這沈傲模樣周正，學問也很好，人也不錯，死鬼，你過來，我有事和你商量。」

接著，聲音就變得小了，微不可聞。

「在說什麼悄悄話?」沈傲苦笑，正襟危坐，知道接下來的話是不能再聽了。

隔壁廂房裏，不多時，便傳來唐嚴的聲音，先是驚訝的說了一句「呀」，接著又是疑惑的咦了一聲，再之後，似是在沉思發出「嗯」的聲響。到了最後，又好像是有些爲難，就聽到唐夫人氣勢洶洶地道：

「你這死鬼，這種事有什麼好想的，他是你的學生，有什麼打緊的，依我看……」

唐嚴的聲音急促地打斷她道：「你小點聲，小點聲，生怕別人聽不到嗎？」

唐夫人後面的話聲音又變得低若蚊吟了。

再後來，便是唐茉兒的聲音：「爹娘，你們在說什麼？」

唐夫人立即噤聲，傳來唐嚴的聲音道：

「咳咳，沒說什麼，沒說什麼，是沈傲來還傘了，我和你娘要煮茶，去煮茶。」

唐茉兒蹙著眉自隔壁廂房過來，見到沈傲，便落落大方地道：「沈公子今日畫考考得如何了？」

沈傲心裏默念：「該死，不對勁，唐大人似乎是想把他女兒塞給我！好尷尬啊！不知唐茉兒知道不知道？」

沈傲抬眸，見唐茉兒神情舉止自然，心裏便想：唐茉兒應當不知情，他連忙正襟危坐道：「畫考和尋常考試不同，好不好，只有考官才能評判。」

唐茉兒笑了笑：「公子經義考得了第一，不知羨煞了多少人呢！啊，你是來還油傘的？一柄油傘又算得了什麼，也值得公子記掛。」

沈傲正色道：「茉兒姑娘，我很謙虛的，你千萬莫要奉承我。」

唐茉兒又笑，二人坐著，卻是突然間無詞了。

沈傲偷偷瞧了唐茉兒一眼，見她雙眉彎彎小小的鼻子微微上翹，臉如白玉，顏若朝華，她服飾打扮也不如何華貴，只項頸中掛了一串明珠，發出淡淡光暈，映得她更是粉裝玉琢一般；整個人身上能感受到一股淡淡的書卷氣，眼波盈盈，又透露出睿智光彩。

唐茉兒見沈傲似是在打量著她，連忙撇過頭去，故意去看牆壁上的掛畫，道：「沈公子以爲這幅畫如何？」

沈傲定睛一看，這是一幅仕女畫，畫的整體倒還尚可，他仔細觀看，畫的水準當真不錯，只可惜線條雖多了幾分莊重，卻少了幾分靈氣，許多細節之處略帶生硬，筆法頗有娟秀之氣，顯然是女子所作，心念一動，不由地想：

「這畫莫不是唐茉兒所作的？」

沈傲便笑著道：「好畫！」

唐茉兒微微笑道：「只是好畫？」

這是要打破砂鍋問到底了，沈傲只好道：「比不少畫師畫得好。」

哥才不落你的圈套呢！若說這畫不值一錢，唐茉兒肯定要生氣的，可是若說是極品佳作，到時候，唐茉兒肯定要說自己眼力不夠，乾脆和稀泥，敷衍過去。

唐茉兒只笑了笑，正要說什麼，卻聽到庭院中有人道：

「唐大人，唐大人在不在？」

唐茉兒蹙起眉，略顯尷尬。

沈傲疑惑地問：「這是誰？」

唐茉兒搖頭：「你不要問，在這裏坐著。」

沈傲只好正襟危坐。便聽到唐嚴走出院子去，很是尷尬地對來人道：「原來是周東家。」

那叫周東家的，便扯著嗓子道：

「唐大人，這幾個月的賬是不是要算一算？你們家每日除了九文錢買米，這兩個月一共是五百四十個大錢，若是加上利息，便算一貫好了，這賬，你也該還了吧，鄙人也是做小本買賣的，你這裏的賬不討要回去，還教我怎麼周轉。」

唐嚴驚道：「明明是五百多文，怎麼變成了一貫，你這是要訛人嗎？這倒是奇了，我們不是說好了嗎？等發了薪俸便還你的錢，可是這利錢卻也不是這樣漲的啊。」

那周東家冷笑道：「唐大人說的是什麼話，市井裏都是這樣的利錢，你是不聞煙火氣的清貴人，莫不是不知道？好啦，我不和你多說，快拿錢來。」

唐嚴便怒道：「你這是訛人錢財，不怕我帶你去見官？」

周東家笑道：「大人不就是官嗎？哎喲喲，大人定是忘了，就是見了官，小人佔了一個理字，也是不怕的。更何況，一旦見了官，只怕大人的清譽不保吧！大人，小人還不是爲了你好嗎？真要鬧騰起來，小人最多打幾下板子，可是大人的臉面往哪裏放？」

沈傲一聽，算是明白了，心裏便覺得好笑，這周東家還是個聰明人，訛人訛到了唐嚴這裏，膽子還不小；隨即又想，這是天子腳下，隨便一個花盆砸下來，地上立馬躺下七八個官老爺，像各部的侍郎、尚書，哪一個不是省部級的大員，放到京城之外，那都是抖抖腳，地皮都要顫三顫的人物，在這京城，只怕還比不過一個縣裏的典吏吃得開。

這唐大人品級也不低，國子監祭酒，也算清貴之身，可是在見慣了尚書、侍郎的汴京人眼裏，卻又算得了什麼？官字兩個口，嚇的都是最底下的草民，像這個周東家，早就將唐嚴的心思琢磨透了，唐嚴這種清貴人，最要的是臉面，所以算準了他不會將事情鬧大，因而才大起膽子，連唐嚴的主意都打上了。

「你……你……」只是唐嚴立馬沒詞了，他教育起人來自是一套一套，可是撞見了這種市井潑皮似的人物，卻哪裏說得出半個字來，幾個「你」字，之後的話再也說不出了。

周東家便冷哼：「唐大人這是什麼意思？其實不是小人說你，你堂堂三品大員，又有實職，只需過過手，那百貫千貫的錢還不是輕而易舉？要錢，多容易，守著這清貧做什麼？嘿嘿，如今你這副模樣，卻是連吃用都吃緊，還謹守著什麼大道理做什麼？這些事，本不該是小人來教的，小人也是看不過眼，這錢，你還是趕緊付了吧！小人還有生意要做，若是拿不出錢來，嘿嘿！」

這一句冷笑，卻是大膽放肆之極：「大人小心自己的清譽不保！」

第八九章
金龜婿

唐嚴心裏唏噓一番，當年老夫也是和沈傲一般大小，英俊瀟灑自不必說，前來求親之人當真是如過江之鯽，沒曾想，卻糟蹋在幾本書冊上。

這夫人如今又故伎重施，釣了個好丈夫，又想要釣一個金龜婿了。

庭院裏吵成了一鍋粥，唐嚴本就清貧，哪裏還得了這麼多錢，更何況，這周東家根本就是在訛他，自是不肯心甘情願給錢了。

而那周東家似是吃定了唐嚴，使出市井中撒潑的本事，旁敲側擊、指桑罵槐。到後來，更越發不像話了，明嘲暗諷外加污言穢語，竟是把話頭引到了唐茉兒身上。

「我說唐大人，你若是沒有錢還賬，這倒也罷了，其實要還賬不容易？不是聽說趙公子想娶令女爲妻嗎？彩禮都準備好了，你攀上了這門親事，還怕還不了賬？也不必守著這清貧。」

唐嚴聽罷，怒火攻心：「什麼趙公子，莫非你是受他的指使……咳咳……，你這賊廝，好，好，你莫走，今日我不要這臉面，也要和你一道去見官，老夫倒要看看，京兆府會治不了你這撒潑刁民。」

廂房裏的沈傲，心裏已經略有不爽，那周東家訛錢倒也罷了，竟把話頭引到人家的女兒身上，人品實在太壞了，他望了唐茉兒一眼，見唐茉兒端坐在對面，眼眸中流轉著汪汪淚水，卻是強忍著不流出來，死死咬著櫻唇，不發一言。

哎！沈傲心裏不由地嘆息，這個女孩的個性倒是剛強得很，在這個時代，換作是別家的姑娘，只怕早就尋死覓活了，偏偏她還要在自己面前僞裝。

這時，唐夫人正自隔壁廂房出去。

這位夫人卻不是好惹的，便聽到她的聲音道：

「賊廝，你不要命了嗎？看看我是誰？這是朝廷親自頒發的五品誥命服，你若是有膽，就還手試試？」說著，便是擀麵杖打人的聲音。

那周東家挨了打，哎喲喲地叫喚：「打人了，打人了，國子監祭酒欠賬不還，打人了！」

「有膽就還手試試！」

沈傲暗暗咋舌，這師母好有氣勢，果然不是輕易能惹的。

沈傲突然站了起來，猛地一拍桌案，將又羞又急的唐茉兒嚇了一跳，看著沈傲道：

「沈公子，你，你要做什麼？」

沈傲面無表情地道：「出去瞧熱鬧去。」便負著手，步出屋去，唐茉兒阻攔不及，卻又不能出去，便更加焦急不安了。

走出屋子，這庭院裏卻是一副奇異的景象，唐夫人金剛怒目，舉著擀麵杖去追那骨瘦如柴的周東家，唐大人卻是臉色蒼白去攔唐夫人，口裏焦急地道：

「夫人，切莫動手，切莫動手。」

華周東家見唐嚴怕事，更是大膽起來，高呼道：

「不日趙公子便要來下聘，你若是識相，便快應了這門親事；若是不應，你們姓唐的世世受窮，永無翻天之日。」

這時，鄰里的街坊也紛紛湧來，遠遠站在籬笆之外，卻都是指指點點，暗中竊喜。

周東家見有人圍觀，更是趾高氣昂道：

「唐大人，別人怕你，我卻是不怕，你賒了我店裡的米卻不還賬，這是要以官身欺壓我這小民嗎？呸，你這狗官，真以爲我是好欺負的，老子的娘舅，乃是京兆府堂官，雖說官小，可是比你這清貴官身卻不知好了多少倍，你莫要瞪我，真去了官府，我也不怕你。」

「住口！」沈傲暴喝一聲，倒是一下子鎮住了場面。

周東家循目望來，看到的卻是個少年書生，心裏頓時冷笑，他連國子監祭酒都不怕，還怕個秀才？便帶著幾分不屑地朝沈傲道：

「你是誰？去，去，一邊去。」

沈傲舉步過去，眼眸朝唐家夫婦瞥了一眼，見二人滿目都是驚奇，而後走到周東家身前，冷冷地道：「不知我的老師欠你多少錢？」

周東家上下打量沈傲，冷聲道：「一貫，怎麼？你要替他還，你又不是他的女婿，做哪門子好冤大頭？」

沈傲呵呵一笑，只是這笑卻不及眼底，拿出百寶袋，從裏面掏出一張百貫的錢引丟在周東家的身上：「滾！」

周東家撿起錢引，看了數額，頓時瞪目結舌，連忙將錢引塞進懷裏，道：「好，我滾，我這就滾。」他不再說話，轉身便走。

「回來！」沈傲負著手，寒冰般的目光逼視著周東家，道：「東家似乎還沒有找錢吧？」

周東家轉身，訕訕笑：「小的還以爲是公子打賞小的呢。」

沈傲冷笑道：「打賞？哼！就是要賞，你這狗才也配嗎？」他手伸出來：「要嘛，將錢引還我，要嘛拿錢來找，否則可莫怪我拉你去京兆府見官，說你搶掠財物。噢，對了，京兆府裏的堂官裏有你的親戚嗎？這倒是好極了，本公子倒要看看，你那堂官親戚能不能保得住你。」

周東家心裏一驚，重新打量沈傲，只覺得這個傢伙表情篤定，不依不饒，目光卻是給人一種難以言語的壓迫感，身上更是有種讓他不禁心顫的霸氣！

周東家的身子難以控制地顫抖了一下，這不是輕易好欺負的主啊！強忍下心裏的膽怯，周東家訕訕然地將錢引交還沈傲，咬牙道：「好，你等著，我拿錢來換。」

說罷，周東家便匆匆離開。

唐嚴走過來，滿是愧疚地道：「沈傲，這件事就算了吧，這錢我會出，你不要管，世上哪有弟子爲老師還錢的道理。」

沈傲看著唐嚴，目光卻是溫和了許多，道：

「世上哪裏有眼見老師爲難，做學生的卻袖手旁觀的道理。一日爲師，終身爲父，孔聖人可是教導過學生的！現在老師被人刁難，學生若是不懲治這惡人，還讀個什麼書？」

唐夫人亦滿是羞愧地扔掉擀麵杖，對沈傲道：「剛剛倒是教你笑話了，先進去喝茶吧。」

沈傲搖頭道：「在這庭院裏等等，我們不急。」說著，便在庭院裏尋了個矮凳坐下，卻是悠閒自得。

唐嚴本是祭酒，在沈傲面前要嘛威嚴，要嘛和藹，可是今日卻似是犯錯一般，臉色略顯有些羞赧，搬了個凳子出來，不發一言地與沈傲對坐，方才許是被那周東家氣壞了，臉色依然鐵青，難看極了。

足足等了半個時辰，那周東家去而復返，卻是帶著兩個伙計押著一輛小車來，須知這百貫的錢引，已是天下最大値的錢鈔，一個錢莊，最多也不過發放百張，再多，錢莊便支持不住了，一旦引發擠兌風潮便非倒閉不可；換成銅錢，便可換十萬枚，十萬銅錢，便是用一輛大車裝載，也是極爲費事的事。

周東家帶來的，足足有七八張十貫的錢引，除此之外，剩餘的便是碎銀和銅錢了，因而特意叫人裝了車來，就這些東西，已讓他的家底一空，再多，便拿不出了。

只不過他受了趙公子的好處，一定要唐家難看，好教趙公子趁機而入，因此才硬著頭皮，費這麼多工夫。

進了庭院，沈傲笑著站起來，道：「周東家倒是來得快，錢都準備好了？」

周東家道：「都準備好了，就請公子清點。」眼睛卻是落在沈傲手上的百貫錢引上。

沈傲將錢引交到周東家手上，道：「你先拿著，至於這錢鈔，就叫你的伙計當著我的面清點，清點出來了再說。」

周東家收了那張百貫錢鈔，連連點頭：「好，這就給公子清點。」給兩個伙計使了眼色，那伙計會意，從車中卸下兩個小箱子，又拿出秤來，先是算清了十貫的錢引，隨即又是稱碎銀的重量，再之後便是清點銅錢，這一番下來，竟是足足耗費了半個時辰。

沈傲只坐在凳上，昏昏欲睡。倒是唐嚴，卻是正襟危坐地在旁監督，生怕沈傲吃了虧。

清點完畢，帶來的錢恰好是九十九貫，周東家吁了口氣，雖說這一次有人給唐家結了賬，可是自己總算賺了五百文錢，不管如何，總算沒有虧本。其實上上下下算起來，自己和兩個伙計足足耽擱了半個下午，這五百文賺得並不值。

周東家便向沈傲道：「沈公子，這賬目可清楚了嗎？」

沈傲依然帶笑：「清楚了，沒有錯，周東家是個有信用之人，如此，這唐家的賬便算是抹平了。」

周東家收起百貫錢鈔，正待要走，卻聽到沈傲道：

「且慢，唐家的賬抹平了，我們的賬似乎還要算一算。」

周東家愕然，見沈傲不依不饒的樣子，心裏不由地生出怒氣，道：

「不知我們有什麼賬要算？」

沈傲打了個哈哈，慵懶地道：「我這百貫錢鈔放在你手裏頭有多久了？」

周東家道：「不足一個時辰。」

沈傲一拍手：「這就對了，按你方才的利錢計算，唐家欠你五百多大錢，利錢便是四百多錢，周東家還說，這是市井裏的規矩是不是？」

周東家大怒：「我又沒欠你錢。」

沈傲哂然一笑：「沒有嗎？大家都看到了，你捏著我的百貫大鈔，足有半個時辰，這便是賒欠了。你帶來的銀錢還沒有清算，便還不算是交付給了我，所以說，這百貫大鈔便是你賒欠我的！不，不對，你一共賒欠我九十九貫錢的半個時辰的利錢，等等，得讓我算算這利錢是多少？」

沈傲當真是昂頭心算起來，隨即垂頭笑道：

「按道理，你當付我約莫九十貫的利錢，但是看在你只賒欠了短短半個時辰，就算十貫吧，立即拿錢給本公子滾蛋，否則……」

沈傲那善良可欺的笑臉一下子變得凶惡起來：

「周東家小心自己的屁股，你在京兆府有親戚，可是本公子在京兆府也有幾個朋友，唐大人不願意去見官，可是本公子卻是不怕。」

以彼之道還至彼身，沈傲這一手，卻是從周東家手裏學來的，唐家欠周東家五百多個大錢，周東家算了他們五百錢的利息；而方才，他拿了沈傲一百貫錢引，按他的方式計算，這百貫的利錢便是九十貫。

沈傲只要十貫，就已是非常好心了！冷面對著周東家，手一伸，不依不饒地道：

「周東家，付錢吧！」

十貫錢對於周東家這種做小買賣的人，自然不是小數目，哪裏肯給，氣呼呼地道：

「哼，你強詞奪理，是要撒潑嗎？」

沈傲嘿嘿一笑：「就算是強詞奪理，也是周東家起頭，少囉嗦，快拿錢來，不拿錢，我們立即去京兆府，到了衙門，自有你說理的地方。」

方才還是周東家強說著要與唐嚴去見官，可是風頭一轉，卻是沈傲要拉周東家去京兆府，形勢竟是劇變。

周東家突然冷冷地看著沈傲，卻不知打著什麼主意，朝沈傲拱拱手道：「不知公子高姓大名？」他見沈傲如此篤定，顯是大戶出身，想先試試深淺，再決定糾纏還是示弱，這種小商人是最善見風使舵的，消息也極為靈通。

沈傲哂然一笑：「鄙人沈傲，怎麼？你莫非要打擊報復？哎呀呀，本公子膽子最小了，你可再不要拿什麼京兆府堂官這麼大的官來嚇我。」

周東家聽到「沈傲」兩個字，頓時失色，沈傲？莫不是那個號稱汴京才子，被官家敕為欽差，督辦前段時間米庫失竊案的那個沈傲？

周東家本就是米商，哪裏會不知道這件事；而且，據說這沈傲是祈國公府的親眷，棒打泥婆羅王子，毆打過隱相梁師成，這一樁樁坊間流傳的事跡早已被不斷誇大，不過有一點可以確認，此人確實擁有極強的背景，否則做下這麼多聳人聽聞的事，早已死了十次百次也不夠。

對了，此人還曾去過京兆府，莫說是當時坐堂的判官，就是要告他的曹公公，最後也不得不息事寧人，非但沒有告成他，反倒被他訛了一大筆財貨，這樣的人，性子本就不肯吃虧，自己撞到了他，當真是倒霉了。

「原來是沈傲沈才子。」周東家方才還是冷著面孔，現在臉色一變，卻又變得和藹可親。他這樣的人本就時刻準備了兩副面孔，遇到好欺負的，便猙獰的要吃人，遇到不好惹的，立即又變得可憐兮兮，搖首乞尾狀。

「這錢，我出了。」周東家咬了咬牙，心知再鬧下去，再不是能破財消災便能化解的事，左思右想，便自覺的將百貫大鈔還給沈傲，又從自己帶來的銀錢中取出十貫錢引交出，叫兩個伙計將所帶來的八十九貫錢引仍舊裝車，灰溜溜地去了。

目送這位偷雞不成蝕把米的周東家離開，那些籬笆之外的看客們紛紛散去。

唐嚴吁了口氣，卻是板著臉對沈傲道：

「沈傲，我們是讀書人，讀書人不可仗勢欺人，更不能以非禮對非禮，這些道理，你要謹記，切莫因一時的意氣，而壞了自身的名節。士林非議向來是不饒人的。」

沈傲連連點頭稱是，虛懷若谷的聆聽教誨。

唐夫人卻是對沈傲和顏悅色地道：「不要聽這迂秀才胡說八道，被人欺上門，還以顏色是應當的，受一肚子氣，讀那些書有什麼用？你做得很對。」

沈傲也連忙點頭道：「師娘的教誨，學生記住了。」

唐嚴氣呼呼地看著唐夫人，道：「我在教訓弟子，你胡說什麼，這種事傳揚出去，是害了他，士林非議，豈是他一個監生承受得起的？」

唐夫人翻白眼道：「我只知道做人不能像你這樣，你看看自己，今日退讓，明日容忍，堂堂朝廷命官，卻被一個米商欺上了門，連自己妻女都保護不了，要這身名節有什麼用。」

唐嚴顯然說不過唐夫人，便甩袖道：「好，好，好，讓你去害了他。」說著，便氣呼呼地進屋子裏去了。

唐夫人絮絮叨叨地道：「沈傲，你不要理他，他就是這個性子，太迂腐，早知他是這樣的性子，要跟著他受累受苦，我當年才瞧不上他呢。」

沈傲苦笑，跟著師娘說老師的不是，自己是該點頭還是搖頭？只好苦笑道：「唐大人若不是這個性子，只怕師娘也是瞧不上的，世上有頑石、忤逆，就有美玉無瑕的君子，唐大人便是君子，師娘和我都是頑石。」

唐夫人便笑：「他是美玉，我卻見不到好來，反倒是你這頑石我看得心裏舒服，方才還得要謝謝你呢！」

沈傲連忙正色道：「學生哪裏受得了這個謝字，為師分憂，是分內之事。」說著，便拿出那張周東家的十貫錢引交給唐夫人道：

「師娘，這錢是周東家的，留在我身上也沒有用，我知道唐大人為人清高，可是這柴米油鹽的事，他卻是撒手不管的，只苦了師娘巧婦難為無米之炊，請師娘收下這些錢，權當補貼家用！」

「不許接！」

唐嚴不知什麼時候又從屋裏出來，氣得臉色通紅道：「為人師表，收受學生的禮物是理所應當，可是財物卻是萬不能收的，沈傲，我知道你的心思，可是這錢，我唐嚴不能要。」

唐夫人卻是頗為意動，不知想到了什麼，一雙看著沈傲的眼眸突然明亮了起來，隨即將錢引接過收起來，道：「好，這錢師娘收了，我們都是一家人，不分彼此的。」言辭之中很是曖昧，意有所指。

唐嚴氣得火冒三丈，指著唐夫人道：

「你，你，你，夫人，你這是要毀我的名節，是要逼死我啊，快把錢還回去，否則……否則……我立即出去，再也不回來。」

唐夫人卻是笑咪咪地看著沈傲，道：「沈傲，你先進去和茉兒喝茶，我和這死鬼有話說。」

沈傲很乖巧地噢了一聲，立即進屋去。

唐嚴見沈傲進了屋，怒氣沖沖地捋袖要來搶錢引，夫人雙手一叉，怒目一瞪道：「你敢！」這一句河東獅吼，當真是嚇得唐嚴面如土色，手立即垂下，口裏還在道：「你，你真是……哎，夫人啊，這錢若是收了，我這一輩子良心難安，我讀了一輩子書，教了一輩子的仁義禮信，做出這等事來，還教我有什麼面目做人？我唐某做人，但求無愧天地，這是小人行徑，不可失足啊。」

唐夫人卻是神秘兮兮地對唐嚴勾勾手：「你過來。」

過去……唐嚴臉色更差，卻是有點兒不敢過去，揉了揉耳朵，有些畏懼。

「快過來，我有話和你說。」

唐嚴大起膽子道：「過來就過來。」說著，便坦蕩蕩地走過去，心裏卻有些忐忑不安。

唐夫人附在唐嚴的耳邊道：「死鬼，一家人不分彼此，你懂不懂？」

唐嚴搖頭：「不懂，我只知道，這錢是斷不能收的。」

唐夫人氣呼呼地道：「你再想想看！」

唐嚴皺起眉頭，陷入深思，片刻，突然眸光一亮：「夫人的意思是……」

唐夫人笑吟吟地道：「就你這死鬼冥頑不化，你是他的老師，有些事說起來也方便，這提親的事，你打算什麼時候說？」

唐嚴頓時色變搖頭道：「不可說，不可說，正因爲我爲人師表，更是不能說，這件事要從長計議，從長計議。」

唐夫人嗔怒道：「從長計議什麼，你女兒轉眼就要過雙十了，你還耽擱得起嗎？等真的做了老姑娘，就是我們要嫁，人家還願意娶嗎？」

唐嚴又陷入深思，沉吟點頭道：「我再思量思量……」

這時，卻看到唐茉兒滿是羞澀地送沈傲出來。

唐茉兒見爹娘在庭院裏竊竊私語，便喚道：「爹、娘，沈傲要回去了。」

唐嚴哦了一聲才回過神，立即咳嗽一聲，負著手對沈傲道：

「這麼快就走了？好吧，我也不留你，雖說還要藝考，可是功課的事不能落下。那經義考你雖得了頭名，可是你需明白，經義考與科舉不同，切莫驕傲大意，以免遺憾終身。」

沈傲連忙道：「是，學生謹記。」

唐夫人道：「功課要做，卻也不要熬壞了身子。」

沈傲朝唐夫人行禮：「是，是。」

唐茉兒笑道：「這是怎麼了？一個紅臉，一個黑臉，倒像是合計好了的，爹，你去送送沈公子吧！」

唐嚴正要頷首答應，卻被夫人狠狠地捏了下腰，心裏頓然明白了什麼，連忙正色道：「爹身體有些不適，就不相送了，茉兒，你代爹送吧。」

唐夫人又道：「且慢！我倒想起了一件事，死……夫君，你從前讀書時，不是曾摘抄了歷代科舉的經義範文嗎？快將它們拿來借給沈公子看看，教他好好研讀。」

唐嚴低聲道：「沈傲的師父乃是陳濟陳相公，有他教導，要這些範文又有什麼用？更何況，公府之中，所涉及的範文不計其數，我們自討沒趣做什麼？」

唐夫人低聲罵道：「死鬼，你懂個什麼，上一次借了他傘，他今日來還傘，今日借了他書，過幾日他就要來還書了。」

「咦！」唐嚴心裏暗暗吃驚，深望了夫人一眼，這個夫人，竟是深藏不露啊；不對，當年老夫還年輕，她還是大家閨秀的時候，我去她家拜訪，她娘也是經常借我書籍的，莫非……

只是一句無心之言，竟爲唐嚴解開了一個數十年的疑竇謎題，唐嚴心裏唏噓一番，當年老夫青春年少，也是和沈傲一般大小，英俊瀟灑自不必說，學問也是一等一的，前來求親之人當真是如過江之鯽，沒曾想，卻糟蹋在幾本書冊上。這夫人如今又故伎重施，釣了個好丈夫，又想要釣一個金龜婿了。

唐嚴很是同情地望了沈傲一眼，頷首點頭道：

「不錯，雖說這範文不值幾錢，或許能對沈傲有所幫助，夫人，快去我房裏把書冊都拿來。等等……他一下子只怕也看不完，這樣吧，就先拿兩冊，等他來還了書，再將其餘的給他。」

唐夫人心領神會地看著唐嚴，心裏在說：這死鬼倒是也有心機，還知道那些範文筆記不能一次拿給沈傲，要徐徐圖之，方好天長地久，便道：「沈傲，你在這等著，我去給你撿幾本書來。」

唐夫人匆匆進屋，足足半炷香的時間，終是拿出兩本書來，厚厚的鋪滿了一層灰燼，唐夫人撣了灰塵，交給沈傲，又是囑咐道：

「沈傲，今日你幫了我們唐家，異日，師娘也絕不會虧待了你，往後常來這裏向你老師討教，不需要客氣，我很歡迎你來的。」

沈傲心裏苦笑，他哪裏不明白唐夫人的心意？偷偷地看了唐茉兒一眼，這樣動人的睿智美人，若是嫁給了別人，還真是令人扼腕心痛，先慢慢培養感情吧，其他的事，等唐大人把窗戶紙戳透了再決定。

接了書，便向唐家夫婦道別，唐茉兒將他送出去，她似是察覺出什麼，一臉窘紅，始終不發一言。到了一處街角，終是鼓起勇氣，對沈傲道：

「沈公子走好，這一次當真要謝謝你，我爹這個人……你應當知道他的秉性，遇到那樣的東家，是一定要吃虧的，虧得你聰明，竟一下子讓那東家無話可說，還爲我們出了一口惡氣！」

唐茉兒感激的眼神望來，沈傲不禁有些不好意思，他這輩子做的壞事不少，好事卻不多，今日之事也是誤打誤撞，心裏暗道慚愧，撫摸著手裏的兩冊書文，微微笑道：

「茉兒客氣什麼，師娘不是說過嗎？我們是一家人。」

他咧嘴暢笑，將一家人三個字咬得極重，意有所指。

唐茉兒何等聰明，又豈能聽不明白這話外之音，臉上不由地染上一層紅暈，卻是落落大方道：「巧言令色，鮮矣仁。」

沈傲微微一笑，「巧言令色鮮矣仁」這句話出自論語，意爲：滿口討人喜歡的花言巧語，滿臉的僞善神色，這種人是沒有什麼仁德的。不過，這話出自唐茉兒的口裏，讓沈傲卻感覺另有一番風味。

唐茉兒突然說出這句話，便是故意借用孔夫子的話來回擊自己方才的曖昧之詞，同時，卻又是給沈傲出了一道難題，要想反擊回去，就必須想出破題之法。

和這位唐小姐說話，還真是不容易，隨便一句話便生出了一道難題；沈傲心裏略有苦澀，略略一想道：「小人進而君子退，無他，用才而不用德，故也。」

這句話是沈傲的破題，是說小人得到晉升，而君子卻被免退，並不是因爲別的，而是本就應該用其才能而不是德行。另外一層含義則是說，在這個沒有德行的俗世，君子往往被人疏遠，而巧言令色的小人反而能得到人的親近。

話裏話外之中，這既是破題，同時也表明了沈傲的人生觀，他生在這個社會，就必須去適應這個社會，一味去學唐嚴那種君子是不可取的，沈傲寧願去做真小人，與人親近，受人污濁。

破題本就是一個道理，更有一番寓意，仁義道德，沈傲讀的比誰都多，可是仁義道德畢竟都在書本上，自己既生在俗世，住的不是書中的黃金屋，相伴的不是顏如玉，無奈何，只能做個真小人了。

唐茉兒眨了眨眼，卻是好奇地看了沈傲一眼，道：

「世上自詡君子的人多，而自稱小人的卻是鳳毛麟角，可是真正能做到知行合一謹守君子之風的又有幾人？沈公子言行坦蕩，倒是令茉兒佩服，但願公子能做個懸壺濟世的真小人，如此，便是巧言令色也會讓茉兒佩服。」

沈傲頷首點頭，微微笑道：「茉兒這番話，沈傲謹記，不過……」沈傲苦笑：「往後茉兒和我說話時，能不能不要打這麼多啞謎，要是我一時回答不出，那面子可要丟大了。」

唐茉兒撲哧一笑，嗔怒道：「你是汴京才子，若是連經義都答不出，豈不是徒負虛名？」

沈傲極少看唐茉兒笑，這一笑，有一股精靈頑皮的神氣，很是動人心弦，不自覺地說道：

「我是汴京才子，你是汴京才女，倒是頗有緣分；茉兒姑娘如此說，住後若是再打這種經義啞謎，我便是硬著頭皮也要應了。」

唐茉兒咬著唇，卻是有些不知所措了，沈傲這樣的臉皮厚之人，她是第一次見到，哪有這樣順桿子往上爬的，便立即正色道：「茉兒回去了，公子小心行路。」旋過身時，雙肩微顫，顯是情緒頗有失態，接著便消失在街角中。

沈傲撫著手中的書，卻是一時呆呆的，腦子裏胡思亂想，望了書冊一眼，心裏不由地想：「師娘送來的釣餌，本公子是不是該咬鉤呢？好，先回去研究一番再說。」

第九十章
別具匠心

那仕女的眼眸，恰恰是整幅畫的點睛之筆，作畫之人竟是別具匠心，只輕輕一點，便將原來一副快樂的畫作變成了淒苦幽怨。

趙令穰抬眸向諸人道：

「此畫盡得顧愷之、張萱二人之妙，此人叫什麼名字？」

回到國公府，已是累了，倒頭便睡，夜半三更醒來，披衣趿鞋下床去讀唐嚴抄下來的經義範文，這些範文大多平淡無奇，十幾篇文章中，也只有一篇好的，比起公府的收藏，卻是差得遠了，只是這書的意義不同，沈傲心有戚戚地想，爲什麼我見了周小姐，便對周小姐難以抗拒，見了蓁蓁，更是做出越軌的事；還有春兒，那淒楚的模樣讓自己爲之心酸，現在遇到了茉兒姑娘，卻又讓自己生出情愫，自己會不會太多情了？從前的自己不是這樣的啊，難道是穿越時空時出現了什麼差錯？

他呆呆坐著放下書卷，卻是淒然苦笑，心裏想，不是穿越時空的事，問題的根由或許還是出在自己身上。

自己本就有強烈的佔有欲，不能容忍美好的事物落入別人手裏，就如前世的奇珍異寶，是以他才會選擇藝術大盜這個行業，冒著被通緝的危險，用智慧和勇氣去盜取一個個傳世的珍奇古玩。

難道，自己對古董的嗜好，轉到了女人身上？

沈傲一時呆了，卻又覺得用珍寶去對比自己所接觸的那些美女似有不妥，卻又找不到理由來解釋，頭暈腦脹之下，竟是昏昏睡了過去。

翰林書畫院裏，卻是燈火通明，一夜過去，畫考的幾幅佳作總算是經過幾個學士、侍讀的討論出爐了。

接下來的問題，是如何排列名次，這倒是教人踟躕，須知這幾幅畫作，都是精挑萬選的佳畫，要從中選出優劣來，哪有這般容易。

尤其一幅《瀟湘仕女圖》，和另一幅《宮苑女仙圖》最爲出色，爲此，幾個學士、侍讀爭論不休，最終，這兩幅畫便落到了趙令穰的案上，趙令穰是官家欽點的畫考主考官，由他來點判，自然能令人無話可說。

趙令穰的精神略帶疲憊，此時精神不由一振，將案上燭台移近，先是去看那《瀟湘仕女圖》，乍一看，心裏便明白了，這幅畫的作者是他的次子趙伯驌無疑。

既是愛子的畫，他自是看得極爲認真，這幅畫底色作得極好，筆鋒細膩，將宮廷的美景盡皆展露無遺，尤其是那花鳥，更是傳神到了極點，猶如有了靈氣，心神略一恍惚，似是可以看到那花叢搖曳，芬芳撲鼻，又能聽到鳥鳴聲幽幽而來，令人精神爲之一振。

至於那亭台前的仕女，卻只是從小窗中探出一個倩影，「依稀可見」這仕女似在看花，卻又像是在聽這鳥兒的歌唱，雖在畫中只是隱約可見，卻彷彿能感覺到她那長臉、細目、櫻唇的容顏上散發著一股淡淡的笑意。

仕女雖是在笑，可是置於這畫中，唯有花鳥爲伴，雕梁畫棟的亭台之中，卻只有一個孤零零的身影，如此一來，倒是多了幾分悲意，這悲傷既不是花鳥中傳引，更不是從仕女的笑容中隱含，而是人物與花鳥、人物與亭樓之間，那種強烈的對比營造出來的深宮幽怨之情。

趙令穰不由慨然嘆道：「此畫作得好，令人望之淒然扼腕，能入選畫院當之無愧。」心裏大是欣慰，伯驌的畫技竟是見長了不少，這幅畫更是發揮了他最好的水平。

不過，趙令穰雖是對次子頗爲讚賞，心裏卻也明白，自己最擅長畫的便是宮苑、花鳥，趙伯驌耳濡目染，繪畫宮苑、花鳥的本事自是不差，這一次畫試的試題，趙伯驌佔了極大的優勢，若是教他去畫名川大山或是江南湖景，只怕發揮不了如此水平。

而且那閣樓中探出身來的仕女，畫筆下頗有生澀，顯是趙伯驌極力想描繪出那婀娜多姿的慵懶體態，卻最終因筆力不夠，略顯畫蛇添足。

「大人，這幅畫可當得畫試頭名嗎？」一名捋鬚學士望著趙令穰詢問。

趙令穰哂然一笑：「我且看看另一幅畫。」接著叫人收了趙伯驌的畫，將另一幅《宮苑仙女圖》攤開，略略一看，原只是想粗略過目，誰知這一看，卻是驚訝道：

「此畫頗具顧愷之的傳神之筆。」

他不由有些激動，傳神之筆說得簡單，卻又哪裏有這樣容易，天下古往今來，又有幾人能夠做到？

他伏案看畫，底色渲染得極好，作畫之人顯然十分熟練底色的作法，使整幅畫顯得清靜柔和，畫中的花鳥比之方才的《瀟湘仕女圖》尤勝，那鳥兒猶如傳神一般，一個個在宮苑之中或要引吭高歌，或展翅欲飛，活潑之情躍然紙上。

畫中的閣樓金碧輝煌，連綿不絕，雍容到了極點，雖沒有寫實地將宮廷閣宇畫入其中，可是這種誇張的手法，卻恰好印證了宮廷的華貴之美。

作畫之人所用的筆線時而細膩，卻又時而濃重，筆法不同，可是兩種筆法的契合卻是極爲縝密，一望之下，竟尋不到絲毫的破綻。

趙令穰心中頗有震驚，若不是他不信鬼神，只怕以爲是顧愷之再生了，如此畫意和嫻熟的手法，只怕書畫院中，也只有幾個老學士能與之比肩。更令他驚艷的是那庭院中的仕女，仕女氣韻古雅華麗，在庭院中遊玩，動作悠閒，面帶微微笑容，嫵媚之態躍然紙上。

趙令穰咦了一聲，腦袋垂向桌案更低了，專心致志地去看畫中仕女。

仕女所用的賦色技巧層次明晰，面部的暈色，衣著的裝飾，都極盡工巧之能事。輕紗的透亮鬆軟，皮膚的潤潤光澤，都畫得肖似，只這仕女，便可看出作畫之人別具匠心，將仕女畫的細膩發揮到了極點。而仕女的細膩與背景的粗獷豁達又形成鮮明對比，一鬆一緊，卻是將整幅畫更加生動起來。

趙令穰忍不住地笑了，低聲呢喃道：

「原來此人竟用了兩種不同的畫法。」

這倒是奇了，能將兩種畫法合而爲一，在畫中既不顯得生澀，又不會有唐突隔膜，此人的畫技，只怕比方才自己所想像的還要高明幾分。

趙令穰目光一瞥，最終落在了仕女的眼睛上，那眼睛含笑，可是眼眸的落腳處，卻是不遠處的一個月洞，月洞之後是什麼呢？是不是這仕女在期盼君王的駕臨？

可是那月洞之後卻是空空如也，漆黑幽深，仕女一次又一次的失望，雖是刻意去享受那悠閒無所事事的生活，可是在內心深處，定然是淒苦無比，細心觀察，才發現仕女的歡樂之情，原來俱都是僞裝，而強顏歡笑的背後，卻是一股濃郁的幽怨之情。

那仕女的眼眸，恰恰是整幅畫的點睛之筆，作畫之人竟是別具匠心，只輕輕一點，便將原來一副快樂的畫作變成了淒苦、幽怨，如此畫意，天下少有，其才思敏捷，更是教人拍案叫絕。

趙令穰微微一嘆，抬眸向諸人道：

「鬼斧神工，此畫盡得顧愷之、張萱二人之妙，造詣之高，用色之熟稔，只怕不在老夫之下，此人叫什麼名字？」

他這才兼顧著去看畫的落款，一行楷體小字落入趙令穰的眼眸，上面寫著「沈傲」

二字。

「原來是他？」趙令穰不由地又笑了，指著《宮苑仙女圖》道：「此畫當為第一，諸位以為如何？」

眾學士、侍讀見趙令穰作出決定，有幾個紛紛附和，其中一人道：「那《瀟湘仕女圖》亦算是佳作，郡公何以獨獨青睞這仙女圖？」

趙令穰微微一笑，卻只是抿抿嘴，並不作答，那《瀟湘仕女圖》顯是他的次子所作，他能看出來，這閣中之人豈能看不出，其實在座之人，又有誰看不出仙女圖顯然優於仕女圖，之所以有人力薦，無非是看在自己的顏面罷了。

趙伯驌的畫雖好，可是比之這沈傲的，卻仍是差了一個台階，自己就算強讓他做了頭名，卻又能如何？須知這畫試之後還要殿試，畫試自己能幫襯兒子一把，到了殿試，官家還會看不出來嗎？

這幾個力薦趙伯驌的學士，雖是看在自己的情面要幫襯趙伯驌一把，可是趙令穰心裏卻明白，這是誤了自己，也是害了伯驌。

趙令穰沉吟片刻，便道：「張榜去吧，沈傲為畫試第一，趙伯驌為第二。」

這幾日藝考，當真是熱鬧非凡，禮部、太學、國子監、京兆府各大衙門俱都是張貼榜文的場所，屢屢被人圍得水泄不通，每一次張榜，都干係著許多人一生的努力，榮辱貴賤，便只是一張小小的紅紙卻已斷定了。

京兆府距離祈國公府並不遠，因而大清早，夫人興致盎然，帶著府中一干人，連同沈傲，便往京兆府碑牌前去看榜。

夫人平時清心寡欲，此刻倒也來了湊熱鬧的興致，一路上問著藝考的規矩，劉文恭敬而帶笑地將自己所知的事都說了，主僕二人交談甚歡，反倒是將看榜的男主角晾到了後頭。

夫人一邊踱步，一邊好奇地看著街景，往常她出府，要嘛乘車，要嘛乘輦，今日難得步行，倒是有種久違的新鮮感，對藝考略略了解後，便面帶微笑地對劉文問道：「這麼說，只要沈傲這一次畫試得了頭名，便可作畫試狀元？」

劉文立即道：「夫人，這畫試上頭還有個殿試，但凡中第的畫試考生，不管名次，唯有經過了殿試，才能分出真正的名次。現在就算得了第一，最多也不過是一種榮譽罷了，沒有陛下許可，這狀元是不會輕易落下來的。」

夫人頷首點頭，卻很高興：「若是通過了殿試，中了狀元抑或是進士，是不是可以做官了？」

劉文順著夫人的話道：「這是自然的，不但可以佩魚袋，還可以穿緋服，領朝廷俸祿。若是能在翰林書畫院掛職，更有進出宮禁之權，風光無限呢！」

夫人笑道：「沒事出入宮禁做什麼，不過，能穿戴緋服、魚袋，倒也算是爭了一口氣，其他的我也不指望；那書畫院的侍讀、侍講，一般都是幾品官職？」

劉文道：「侍講是正五品，侍讀是正四品，學士便更加了不得，乃是正三品。這翰林院與翰林書畫院的品級是差不多的，其實坊間都叫翰林書畫院作學士院，翰林院比之學士院，總是要高看幾分。」

夫人咦了一聲：「同樣的品級，卻又爲什麼翰林院比之書畫院要高幾分？」

劉文道：「夫人這就有所不知了，雖說官家愛書畫，可是翰林院畢竟是正兒八經通過作經義考上的官員，而學士院卻是通過藝考，翰林院有待詔、草詔之權，書畫院除了作些書畫，卻只是清貴的閒職，自然是比不過翰林院的。」

夫人便道：「嗯，沈傲就算現在中了藝考，往後還要中科舉，不但要進學士院，更要進翰林院。沈傲，你來說說是不是？」

沈傲正在後頭與周恆、周若一對兄妹擠眉弄眼，聞言立即小跑上前，道：「對，姨母說的是，不但要藝考，還要科舉，把所有人都比下去。」

夫人笑道：「你就會胡說。」

說話之間，京兆府便到了，此時這裏已是人山人海，竟將整條街巷都堵住，遠遠一人過來，正是帶著僮僕過來的趙伯驌。

趙伯驌今日倒沒有昨日的囂張跋扈，乖巧地過來，朝著夫人行了個禮，道：「侄兒見過姑母。」

原來榮郡公與新國公上兩代已有聯姻，因而趙伯驌叫夫人一聲姑母。

夫人認清了他，笑道：「你便是榮郡公府裏的那個伯驌？上一次你的兄長來拜會過國公一次，你們兄弟倒是長得很像，我一見你，便認出來了。」

趙伯驌道：「年節時沒有去拜望，請姑母恕罪。」

夫人笑吟吟地道：「不打緊的，你年紀尚小嘛，對了，你也是來看榜的？」

說到看榜，趙伯驌便將目光落在沈傲身上，躍躍欲試地道：「正是，沈世兄今日也是來看榜的？」

沈傲苦笑，這趙伯驌的好勝之心當真太強了，眼看他一臉篤定的樣子，微微一笑道：「是啊，隨便來看看，我的畫技不高，不知這一次能不能誤打誤撞，只要能進榜，就已是幸運無比了。」

趙伯驌微微抬起下巴，傲然道：「世兄也不必妄自菲薄，須知作畫一道，講的是一個勤字，若是這一次沒有上榜，你回家多練習，來年再來考一場，或許還有機會。」

他的神態，倒是頗有些教誨晚輩的意思：「不過事先聲明，我們的賭約還是算數，你喚了我一聲師父，給我行了師禮，或許我抽出空來，提點你一番也不一定。」

沈傲謙虛地道：「是，是，趙公子的畫技，我也是剛剛才聽說，據說你深得其父乃兄的真傳，已到了極高的造詣，上榜只是意料之中的事。」

趙伯驌見沈傲謙虛，心裏很歡喜，便道：「上榜算什麼，我要的是高登榜首，至於其他的位置，我是看不上的。」

這時有人叫道：「有人來了。」

顧不得再聽那趙伯驌吹牛，沈傲放眼向街角望去，便看到十幾個紅衣小吏提著梆子、銅鑼過來，有幾個手裏提著木杖，將人群硬生生的驅出一條道來，爲首的卻是一個緋服魚袋的官員，昂首闊步，捧著一方長匣，走至京兆府宣諭亭前，將長匣落鎖，在眾目睽睽之下，取出一方紅紙書卷，徐徐展開，教人張貼。

等紅榜貼好，眾人湊過去看，便一時議論紛紛，有人捶胸頓足道：「哎，蒼天無眼，竟又是馬失前蹄……」說著，人已是失魂落魄地走出去，自是心中無比淒涼。

又有人高呼著揚手道：「我中了，我中了，哈哈，十年辛勞，終是沒有白費……」各色的人，各種的表情，有晦暗悲戚，有興高采烈，有目光呆滯，有神采飛揚，那趙伯驌眼眸深沉，目光落在榜上尋找自己的名字，不一會兒功夫，便看到了趙伯驌三個字，可是雖上榜，趙伯驌卻是臉色劇變，自己的名字竟是只排在第二，他移目上看，排在他的上首的，居然是沈傲二字。

沈傲，怎麼可能是他！沈傲經義作得好，他折服，可是論起作畫，此人也比他高明嗎？這不可能，不可能，他自幼習畫至今已有十年，又有父兄教導，汴京與他同歲的人中，又有誰比他更善潑墨之道，這……這是怎麼了？

那一邊，劉文已經歡呼起來：

「快看，表少爺列在榜首，是上榜了，上榜了……」

夫人亦瞇著眼睛認真地看，果真看到沈傲的名字列在榜首，一時喜得連臉上都變得緋紅起來，道：「好，好，劉文，快回去通報老爺，這是件大喜事，我家到沈傲要做官了。」

進了榜，就可以參加殿試，再分出名次來，可是能登上榜的，至少也是個藝考進士，做官是穩打穩贏的。夫人擔心的便是這個，沈傲不同周恆，周恆不需努力，也可以繼承爵位，靠著父親的恩蔭，也有做官的資格，雖是散職，可是這一輩子也不用人擔心。

可是沈傲雖是被夫人認了親，說到底，卻仍是平民，平民要想成爲那人上人，終究還要靠自己的努力。如今總算有了出身，將來就算科舉出了岔子，也有了個退路，至不濟，也是衣食無憂，不落人下。

沈傲卻只是抿抿嘴，沒有顯出一絲的意外之色，目光朝那趙伯驌一掃，見趙伯驌臉色鐵青，恨不得往地縫裏鑽下去。

趙伯驌失魂落魄地回過頭來，朝著沈傲瞪了一眼，道：「你心裏在笑話我是不是？」

沈傲搖頭：「趙公子能勇奪畫試第二，誰能笑話？」

趙伯驌聽到第二這兩個字，更是羞憤極了，道：「不要急，還有殿試，到了殿試，我要和你面對面地比個高下出來。沈傲，你不要得意。」

沈傲呵呵一笑：「不得意，不得意，一場考試而已，算不得什麼。」他越是淡漠，就越襯托出趙伯驌對這次考試的看重，其實從氣勢上，沈傲早就贏了。

周府之人歡天喜地回去，劉文已是先去回報，府上便一時沸騰，有真心歡喜的，也有虛情假意的，可是每個人的臉上的笑容都是展露無遺。

府中設宴，邀請了不少祈國公的故舊，衛郡公、曾文、姜敏等人紛紛來了。

這一次登榜與從前的意義不同，這是沈傲第一次參加朝廷規格的選拔考試，登榜便意味著正式從白丁步入了廟堂，雖只是閒職，要想真正的做官，還需參加科舉，卻也不失爲一件樂事。

石郡公看起來斯文爾雅，喝酒卻是極猛的，幾番下來，十幾杯酒下肚，卻仍是精神奕奕，興致高昂，自是勉勵一番，沈傲在一旁聽只有點頭的份，倒像是石英才是今次的主角，而沈傲只是陪襯。

「原來這位石郡公是好酒之人。」沈傲心中想著，卻聽到門丁來道：「唐嚴唐大人來了。」

一行人便去迎接，唐嚴提著幾壺酒，如沐春風地走來。

沈傲大是慚愧道：「怎麼能勞動大人前來，實在該死。」

石郡公、曾文、姜敏親自跑一趟倒無所謂，可是唐嚴是師者，天地君親師，對沈傲來說，其意義自是非同凡響，他親自來相賀，在禮節上已是讓沈傲膽戰心驚了。接過唐大人的禮物，邀唐嚴進去，唐嚴笑吟吟地道：

「我也是方聽到消息，恰巧路過，便來看看。」隨即向周正幾個行了禮，按主次坐下，相談甚歡。

再後來，竟是連楊戩也來了，楊戩的理由也是一樣，說是自己恰巧路過，特來相賀，沈傲邀他進去，楊戩卻是並不邁步，道：

「咱家還有事要忙，這酒暫且記下，待你過了殿試，咱家再討你的水酒喝。沈傲，官家這幾日還提起你呢。」

沈傲見楊戩別有深意，道：「官家說了什麼？」

楊戩笑呵呵地道：「官家說，殿試時定教你大吃一驚。」

「大吃一驚？」沈傲撇撇嘴，卻是作出一副恭謹的樣子，訕訕笑道：「不知官家要讓學生吃什麼驚？莫非有什麼寶貝恩賜下來？」

沈傲這傢伙，想像力實在太豐富，楊戩連忙端正態度，笑吟吟地道：「到時你便知道了，沈傲，咱家先走了。」

沈傲頷首點頭，送楊公公出去。對這楊戩，沈傲並沒有什麼惡感，雖說楊戩和梁師成比起來，其實都算不上好人，可是他對自己，卻已算是夠厚道了，大老遠跑來相賀，只叮囑兩句便走，沈傲除了感激之外，哪裏還會對這楊公公有什麼惡感！

這世上的太監，也不盡都是壞人，或許在別人的感官中，楊戩十惡不赦，可是在沈傲看來，卻又是另一番模樣。

一夜過去，清晨又是書考，沈傲對這考試，已是完全麻木，倒是顯得輕車熟路了；清晨起來，心曠神怡地洗浴一番，便奔赴考場。

這一次書考，沈傲的把握其實並不大，據說書考的主考官，竟是那早已致仕的蔡京蔡太師，蔡京早已致仕，可是對朝中的影響力還是不小，這一次皇帝教他主持書考，似乎在傳遞某種政治信號，昨天陪著周正和石英他們喝酒，便從他們口中聽到皇帝有起復蔡京的意思，令他主考，可能是試水的第一步。

其實這蔡京已是幾次起落，致仕到起復，再致仕再起復，年紀已是不小，可是那皇帝卻又離不開他，對這一次蔡京起復之事，許多人都在意料之中，誰也無力阻止。

沈傲之所以心虛，便是擔心這個蔡京，自己是陳濟的弟子，這已是天下皆知的事。蔡京與陳濟勢如水火，波及下來，自己的試卷交上去，以蔡京的奸臣本相，多半是要拿去擦屁股的。

這倒也罷了，而且據說，這一次連蔡行也參加了考試，上一次蔡行被沈傲羞辱，便不再去國子監上課，多半是在家中勤學苦練，準備復仇。

蔡家幾代都是書法大家，其水準不啻於作畫的趙氏三父子，蔡行有名師指點，又心懷復仇之心，行書的水平一定大有長進。

一邊是仇人之徒，一邊是自己的曾孫，蔡京那老賊如何取捨，這還用去想？只是沈傲終究還是決心來考一場，這名是自己報的，自該善始善終。

第九一章
滿園春色

小樹已經發出了嫩嫩的淺綠色的芽兒，

一些不知名的小草也已經開花了，到處洋溢著一絲絲早春的氣息，

沈傲也不知是否這幾日被名利薰心，竟是經由趙紫蘅和表妹提醒，

才突然醒悟到原來春天已經來了。

進了考棚，那監考的胥吏都已和他相熟了，走到沈傲的考棚前，笑呵呵地道：「沈公子，這書試你也要參加？嘖嘖，果然是汴京才子。」

沈傲和他客氣一番，等到胥吏要進考棚來檢查夾帶的作弊之物，那胥吏也只是隨便看了看，便道：「公子好好考，再奪個書試第一，定能名揚天下。」

等到試題發下，沈傲收斂心神，展開試題，便看到試題上寫著「迎春」二字。

迎春？沈傲頓時明白，眼下已走過冬天，萬物復蘇，這主考官，是教考生們用行書寫出一首春天的詩詞來，既是考驗考生的詩詞能力，當然，更重要的是觀察行書水平。

第一次畫試的時候，便是用一首詩來教考生來作畫，現在卻又教人寫詩來形容。沈傲心裏戚戚然地想，看來不管是畫試、書試也不簡單，要想脫穎而出，就必須先通過經義考，這只是第一關，此後不但要考驗考生的作畫行書能力，同時也要考察對詩詞的理解。

其實藝考的難度，一絲一毫也不亞於科舉，科舉只需作出經義文章，其餘的詩詞都不過是走過場的事，可是在藝考之中，要考驗的卻不只是考生一項水平，頗有些全才考試的味道。

沈傲沉吟片刻，行書他倒是極有把握，可是作詩，卻又要費一番腦筋了。作詩是他的弱項，好在他能夠抄襲北宋之後的詩詞，倒是一直能蒙混過關，不過，他記得的詩詞並不多，林林總總，卻也不過數十首，要尋出一個貼切的詩來，卻是不容易之事。

沈傲心裏暗暗下定決心，往後定要下功夫去研究研究作詩，否則一味抄襲，又能抄到什麼時候，就好像經義文章一樣，自己不是一樣慢慢掌握了其中的技巧？

心中這樣一想，便立即排除雜念，提起筆，落在宣紙上，用的是吳琚的米書。

吳琚是南宋人，行書的造詣極高，據說他這人沒有其餘愛好，每天便是以臨摹鍾繇、王羲之的行帖爲樂，到了晚年，才慢慢在書法中融入自己的風格，終成書法大家。他的書法在歷代書法大家之中並不是最好，可是其書法極爲俊俏，乍一看之下很是舒服，頗有春意盎然之感，因而成名。

沈傲在前世時，就喜歡用米書來寫字，手筆一落，落筆沉雄，稍運即止，結體八面呼應的風格便立即顯現出來。一桿筆在宣紙中遊走一遍，整幅行書便大功告成，比之晝試的絞盡腦汁，輕鬆了許多。

他先是去看字，這字頗得吳琚的真傳，很有風韻，這樣的水平要入圍絕無問題，而且行書之中，沈傲又逐漸融入自己的風格，乍一看，字裏行間竟有盎然春意，彷佛那老樹開出的新芽，處處生機勃勃。

沈傲滿意一笑，心裏卻是明白，自己的行書已是進步了不少。

剛來到這個世界時，他的行書多以臨摹摘抄爲主，雖然他的臨摹筆法已到了以假亂真的地步，可是一個人不能融入自身的特點，在書法之道上的水準只怕很難再有突破。

或許是前世職業的關係，從前做藝術大盜，經常臨摹真跡，以假亂真，可是現在，再不必去爲了這個勾當，而逼著自己去邯鄲學步的學習別人的行書之法，壓力減輕，寫字時，不由自主的就添加了幾分沈傲自己的性格，而這也正是沈傲邁入真正名家的第一步。

他吁了口氣，心中頗有些得意之感，技藝到了他這個地步，任何一丁點的進步，都足以讓他眉飛色舞。

接著，沈傲便去看自己所寫的詩，詩的全文是：

「應憐屐齒印蒼苔，小扣柴扉久不開。春色滿園關不住，一枝紅杏出牆來。」

這首詩在後世膾炙人口，全詩中規中矩，韻味頗深，大意是說，作詩之人想去朋友的花園中觀賞春色，但是敲了半天門，也沒有人來開。主人大概不在家，又也許是擔心遊人踏壞了地面的青苔，故意不開門。但是一扇柴門，雖然關住了遊人，卻關不住滿園春色，一枝紅色的杏花早已探出牆來。

全詩雖是簡短，卻也暗暗說出掩飾不住春天的腳步，柴門又如何能阻止春天的步伐，又引申出詩人對春天的喜愛之情。

沈傲吁了口氣，便落座等待考試結束，這幾日的考試，讓他生出不少倦意，不一會兒竟是伏在案上不知不覺地睡著了。

等到他醒來時，便聽到落考的梆子聲響起，連忙交了卷，隨著考生們魚貫而出，心裏不由地想：「這一次書試能不能過關，就看那蔡京老賊了。」他並沒有抱太大的希望，心知蔡京的人品顯然不高，說不定連殿試的資格都不會給自己。

這樣一想，隨即便笑起來。管他呢，反正他已盡力考了，至於那蔡京，愛給不給吧！人生在世，哪有這麼多煩惱，陳濟這個老師是自己舔著臉拜的，既然作出選擇，那就更應該坦然去面對。

出了太學，便看到一個華服公子恭候已久，在人群中逡巡，遠遠看到沈傲，已是笑吟吟地舉扇踱步過來，道：「許久不見，沈兄一如往昔啊。」

沈傲朝著這人笑，來人不是別人，正是那蔡行。蔡行顯得消瘦了不少，再沒有從前那倜儻的氣度，略帶消沉，可是眼眸中卻帶著精神奕奕之色，似笑非笑地打量著自己，那挑釁之心畢露無疑。

「哈哈，原來是蔡兄，蔡兄怎麼許久不去監裏讀書，哎，我還頗爲掛念呢。本想去蔡府探望，又怕太過冒昧，能在這裏見到你，實在太好了。」

沈傲臉上含笑，很真摯地說了一番語重心長的話，心裏卻是在想：「論起虛僞，你蔡行還差得遠了，要玩這一套，本公子奉陪到底。」

蔡行呵呵笑起來，卻如一別經年的好友相見，道：「前些時日我病了，所以不能入學，其實我也是很記掛沈兄啊，沈兄經義考、畫試第一，我當時聽了，既是佩服，又爲沈兄高興；沈兄也參加了書試嗎？」

蔡行是見過沈傲的行書實力的，見沈傲夾帶著考具出來，眼眸中掠過一絲怨毒，他這一次本就是奔著書試前三甲而去，現在沈傲卻也報考，極有可能將他踩下去，如此一來，自己這數月的勤學，只怕又要白費了。

蔡行笑吟吟地道：「不知這一次，沈兄考得如何？沈兄的行書，蔡某一直佩服有加的，只怕這一次，又要驚動四座了吧！」

他嘴角微微揚起，盡力使自己顯得鎮定，眸光灼灼地望著沈傲，似笑非笑，讓人看不透他的喜怒。

沈傲伸了個懶腰，懶懶地道：「行書好不好，需看主考官才行，主考官若是被驚動，這才是真正的驚動四座，蔡兄許久沒去邃雅山房了，什麼時候去坐一坐？」

蔡行聽到邃雅山房這四個字，便想起那一日在邃雅山房受沈傲的屈辱，咯咯一笑，卻是一副哂然的樣子，道：「好，到時蔡某在邃雅山房恭候沈兄大駕。」

似是不願再和沈傲多說，遠處有幾個家僕停著馬車正在等他，道了聲告辭，蔡行便絕塵而去。

沈傲看著蔡行離開的背影，卻是哂然一笑，這個蔡公子還是很記仇的，像這樣養尊處優的傢伙，自是自負得緊，心裏容不下別人，只是不知這數月以來，他的行書到底進步到了什麼地步！

其實蔡行的行書，早在數月之前，已是極好的了，所欠缺的只是火候和筆力的掌握，在年輕俊秀之中，已是深得家傳，鶴立雞群，現在他的水平，倒是令沈傲頗爲期待；沈傲最喜歡做的事，就是在對方勉力勤學得到提高之後，再將對手一腳踩在腳下，這樣的感覺，才是真正的奇爽無比。

沈傲夾帶著考具，心神不屬地回到國公府，心裏卻仍是忍不住想著蔡京的事。蔡京起復，對於整個朝廷，整個汴京，都有著深遠的影響，這種事雖與他無關，可是這個消息，卻沖淡了他對畫考過關的喜悅，心裏情不自禁地想：

「這一場書試，恰好可以看看蔡京下一步對自己的態度，到底是徐徐圖之，還是在起復之後全力打壓，就看這一遭了。」

他莞爾一笑，走至後園的湖景涼亭處，遠遠看到周若與一個女子正在觀魚，便大大方方地踏步過去，走近了，才看清客人原來是小郡主趙紫蘅。

趙紫蘅酷愛繪畫，愛畫之人便自然流連湖光美景，在畫師的眼中，任何景色在心中都是一幅絕好的畫卷。

眼見趙紫蘅天真活潑地朝湖中拋灑香餌，並沒有察覺到有人靠近，沈傲笑呵呵地道：「咦，郡主也愛魚嗎？倒是和我的興致一樣，郡主和我倒是頗爲投緣。」

想起上一次趙紫蘅爲自己解了圍，自己更是借她之手狠狠教訓了梁師成一番，沈傲心中泛起感激，這個小姑娘其實還是蠻可愛的，除了有些不諳世事，和自己倒很投緣。

趙紫蘅循目過來，看到沈傲，便喜滋滋地朝他招手，道：

「沈畫師，你快過來，快來看魚兒，這些魚兒很伶俐呢。」

沈傲湊過去，果然見到那粼粼湖水之中，一尾尾金黃魚兒湧至湖畔瘋狂搶食，陽光正射，照耀在魚鱗碧波之中，渲出一片粼粼光澤。

趙紫蘅看著沈傲認真觀賞魚的樣子，歡喜地在旁道：「你也喜歡魚兒？呀，沈畫師，我也很喜歡呢。我喜歡畫畫，你也喜歡畫畫，我們真是投緣。」

這丫頭說起話來並沒有什麼顧忌，喜歡就喜歡，不喜歡也絕不說個好字。

周若在旁聽了，眼角的餘光看到沈傲竊笑不已，心裏啐了一口，便不由地想，他的喜歡和郡主的喜歡可是不同呢，他喜歡的可是烤魚、吃魚。

沈傲很真摯地道：「是啊，是啊，郡主是學生的知己，所謂知己難求，能遇到郡主，是學生的福氣，看來我們有很多投緣的地方有待發掘。」

趙紫蘅很認真地拼命點頭，道：「對，除了我不喜歡做酸詩，沈傲喜歡的，我都很喜歡。」

沈傲心裏偷樂，和這小郡主說話，很舒服，有什麼說什麼，言語之間，那心裏的陰霾一掃而空，看著趙紫蘅滿是期待的眼眸，便捋起袖子道：

「我去叫人擺上書案和筆墨紙硯來，畫一幅湖光美景送給郡主，以表達學生對郡主的仰慕之情。對了，自然也少不得表妹的，還要爲表妹畫一幅仕女圖。」

方才從綠園漫步過來，無意間看到小樹已經發出了嫩嫩的淺綠色的芽兒，一些不知名的小草也已經開花了，花兒黃燦燦的，特別惹人喜愛，到處洋溢著一絲絲早春的氣息，沈傲後知後覺，也不知是否這幾日被名利薰心，竟是經由趙紫蘅和表妹提醒，才突然醒悟到原來春天已經來了。

眼睛向湖畔一望，湖畔四周，波光粼粼的倒影之下，垂柳生出新芽，春風吹拂，說不出的婀娜，空氣中伴著淡淡的花香，還夾雜著泥土的芬芳氣息，如今體會這種美感，不禁心曠神怡。

古往今來，不知有多少文人墨客爲春天寫出了膾炙人口的詩詞來，沈傲作詩不是強項，更何況在小郡主面前，作詩太不合時宜，卻是心念一動，想作出幾幅畫來，將這曠古的美景留在畫卷上。

趙紫蘅早就心存這個心思，頓時拍掌道：「我來爲沈傲弄墨。」

三人叫人擺了桌案，鋪開紙來，一個提筆，一個研墨，一個看畫，湖光與人影交織，渾然一體。

翰林書院裏，幾個考官拿著幾張行帖，卻又是爭論不休，那學士趙朝手舉著一幅行帖，道：「這方行帖不錯，諸位以爲如何？」

眾人去看，行書的落款是蔡行，字體寫得極爲縝密，深得蔡京的真傳，姿媚豪健、痛快沉著，行書如貴胄公子，其水準，竟是不下書院諸學士。

眾人紛紛頷首輕嘆道：「好書帖。」更有人神采飛揚道：「此帖當爲第一。」

這一句話道出，自是不少人響應，卻有一個書院學士皺眉道：「此帖自是佳作，可是相較來說，沈傲沈公子的行書卻顯得更勝一籌。」他從案上撿起一方行書，指著上面的俊俏字體道：

「此帖法度之嚴謹，筆力之險峻，世無所匹，行文之間又添幾分媚態俊俏，一望之下，已是渾身舒泰，更何況，這幅行書前所未見，應當是沈公子自創的行書，如此筆力，在座的諸位只怕都難向其背，以我看來，此帖比之蔡公子的行書更加清麗脫俗，當列第一。」

這學士一口氣說話，其餘眾人紛紛面面相覷，一個個望向上首那闔目養神的蔡京一眼，心裏卻都在想，這位大人當真膽大極了，沈傲是誰？那可是罪臣陳濟的內徒，與蔡太師有不共戴天之仇，你舉薦沈傲，卻將蔡公子的行書置之不理，蔡太師聽了，你還有命在嗎？

眾人中有人爲他擔心，有的卻是幸災樂禍，還有的爲他惋惜，蔡太師雖已致仕，可是看眼前的狀況，只怕起復也是早晚的事。況且就算太師不起復，他在朝中的黨羽諸多，一個吩咐，便能教你死無葬身之地。

有幾個及早醒悟的學士，頓時拍案而起，尤其是那舉薦蔡行的學士趙朝更是怒不可遏，道：「王學士，沈傲這樣的行書也配列爲第一？依我看來，他的行書連參加殿試的資格都沒有，蔡行蔡公子的行書以豪健見長，詩詞也作得極好，自該是名列第一。」

幾個學士、侍讀也紛紛道：「王學士老眼昏花，只怕是一時走眼，我等俱都以爲蔡公子當爲第一。」

剩餘的幾個人則是默坐著不做聲，同情地望著王學士，卻不敢發出隻言片語，誰知這王學士也是個牛脾氣，冷笑道：

「我等身爲考官，自該爲書院擇選良才，諸位如此袒護蔡公子，實在太過分了吧。蔡公子的書法自是雄健，可是比起沈公子來，只怕連提鞋都不配，你們能欺瞞得了我，難道能欺瞞得了天下人嗎？」

趙朝亦是冷笑：「好，好，你竟敢胡言亂語，你若是有膽，便將方才的話再說一遍。」

這時，那闔目假寐的蔡太師陡然張眸，他已年屆七十，鬚髮皆白，除了那繡金的緋服，渾身上下突顯出一股老態，唯有那雙眸微微一張時，才顯出些許的精厲之色。

蠕蠕乾癟的嘴唇，蔡京微微一笑，卻是和藹可親地道：「好好的閱卷，怎麼又吵起來了？你們啊……」他拖長了聲音，卻是含笑著頗有教訓子侄的味道，枯瘦的手指點向下首的幾個考官，繼續道：「就是不懂得養氣定神，爲了一件小事失和，沒的讓人笑話。」

趙朝連忙朝蔡京施禮，用著一副討好的笑臉看著蔡京道：「太師教訓的是，下官知錯。」

蔡京嘆了口氣，慢吞吞地端起几案上的茶盞，揭開茶蓋只是吹著茶沫，慢悠悠地道：「意氣用事要不得，將沈傲和蔡行的書帖拿上來吧，讓我這行將就木、痴長了幾歲的老傢伙來品鑑品鑑。」

眾學士紛紛打起精神，有人小心翼翼地捧著行書至蔡京的几案前，小心地鋪開，蔡京扶著桌案，恰如一個和藹可親的老翁危顫顫地落目下去，口裏道：

「蔡行的行書不錯，可惜，剛強有餘，少了幾分穩健。」

只短短一句點評，倒是令人略略吃驚，趙朝連忙道：「太師，蔡公子的行書已是極為難得了，偶有瑕疵，倒是並無大礙。」

蔡京呵呵一笑，卻是捋鬚搖頭：「行書一道，哪裏容得下瑕疵。」慢悠悠地翻開蔡行的書帖，又去看沈傲的行書，咦了一聲，很是欣賞地道：「這是什麼字體？」

隨即又是一笑，半著幾分欣賞之色地道：「這一帖行書是比之蔡行的要好得多了，用筆險峻娟秀，布局縝密，行雲流水，好！好！」

連說了兩個好字，令諸人面面相覷，太師這是什麼意思？莫不是壓根不知沈傲是誰？眾人紛紛暗暗搖頭，沈傲聲名鵲起，風頭正勁，太師豈會不知？

正是眾人躑躅難決，蔡京卻是和顏悅色地道：「依老夫看，沈傲可為第一，諸位以為如何？」

趙朝以為蔡京說的是反語，笑呵呵地道：

「太師，下官以為不可，下官竊以為，沈傲的行書自是不錯，可是蔡公子的書帖更佳，書考第一，非蔡公子莫屬。」

蔡京疲倦地倚著椅背，雙眼渾濁半張半闔，和顏一笑，道：

「趙大人，老夫知道你的心思，蔡行雖是老夫的孫子，但他的功力，老夫是知道的。若說他進殿試，那斷不會失蹄，可是若說他書考第一，老夫卻是不信。這沈傲，老夫也聽說過，一直不敢相信他的才學，今日一見，便知這盛名之下無虛士，好，很好。再者說了，舉賢避親，蔡行是老夫孫子，諸位力薦，老夫心裏明白，你們這是要成全蔡行，老夫身為主考，又豈能因私廢公？」

這一番話語重心長，端的是擲地有聲，趙朝幾個哪裏還敢說什麼，紛紛道：「太師舉賢避親，當屬士林典範。」

蔡京卻只是搖頭，喝了口茶道：「這些話自是不必再言，諸位選出名次，立即發榜吧。」

「是」

劉文又是傳來消息，自是沈傲書試第一。

沈傲聽了，一開始還覺得不信，等劉文繪聲繪色的將名次一一道出，他才終於信了。心裏暗暗奇怪，那個蔡京，莫非是轉了性子？

隨即心中凜然，正如他所猜測的那樣，若是蔡京秉持公正，那麼唯有一個可能，那便是並不急於對自己動手。

若是這樣，反倒令沈傲心裏微微略有發虛，須知那種老狐狸，若是急於要懲戒自己倒也罷了，沈傲也不是輕易好惹的，朝中、宮中都有人暗中提攜、幫助。可是蔡京若採取徐徐圖之的策略，反而最爲凶險，因爲不知什麼時候，蔡京會突然給他致命一擊。

書考第一，自是件喜慶的事，劉文唾沫橫飛地說起坊間的許多流言，都說沈傲是文曲星轉世，否則豈能經義考、書試、畫試連續三場第一，換了別人，就是爭這一場，費盡畢生心血，也已是千難萬難。沈傲這一舉連中三元，確是自朝廷開辦藝考以來，第一個如此風流的人物。

沈傲只把這些流言蜚語當作笑話來看，兩世爲人，最富盛名的藝術大盜，若是連藝考都馬失前蹄，自己還有臉見人嗎？

他謙虛兩句，對劉文道：「這些事聽聽也就是了，不要當真，什麼文曲星？我若真是文曲星，才不願在這俗世輪迴，寧願去天上摘星星。」

劉文忍不住地笑了，又去通報夫人，這消息一路輾轉，不消片刻功夫，已是所有人都知道了。有了先前的畫試第一，這書試倒是沖淡了不少的喜悅，雖是喜上加喜，可是這國公府的上下人等，倒是覺得表少爺沒有拿到第一，反倒是稀罕的事。

到了晌午之後，前來道賀的人又是不少，其中不少是國子監的同窗，這些人嘻嘻哈哈，胡鬧了一通，便一個個興高采烈地回去了。

所謂久負盛名，其實對沈傲來說，反效果也逐漸來了，到了傍晚，竟來了個狂生，要和他比試行書，要向自己挑釁，沈傲一時無語，心知自己成了箭靶，若是有誰在書畫上勝了自己，便可立即名揚天下，因而這種挑釁的傢伙將來只會更多，連忙叫劉文將此人打發走。

次日就是阮試，所謂阮，便是樂器中的一種，當然不是叫人去比賽彈奏阮樂，考的是作詞，試題是一個詞牌，考生按照詞牌的格律，作出一首詞來。

沈傲次日去應考，宋詞發展了百年之久，這種既可以當作詩詞抒發情感，又可編曲引吭高唱的藝術早已有了極大的發展，單各種詞牌，就已衍生了數百種之多，歷來與唐詩並稱雙絕，都代表一代文學之盛。

而詞牌，則是曲，倒和後世的曲目差不多，詞則類似於歌詞，各種詞牌都已有了固定的制式，填詞便成了各種文人墨客最爲熱衷的事。同樣的詞牌曲，填上不同的詞，經由人唱出，自是能表達文人不同的心境。而且宋詞，比之唐詩更易令人接受，唐詩畢竟只限於文人之間的交流，可是宋詞大多都可經人唱出，就是尋常的販夫走卒也能欣賞。

試題的名兒叫《青玉案》，出自東漢張衡：「美人贈我錦繡段，何以報之青玉案」一詩。此後被人當作詞牌，漸漸流傳，有宋以來，圍繞著青玉案的詞不勝凡幾，要想出現新作，卻是並不容易。

好在沈傲對詞曲頗有興致，還記得一首南宋辛棄疾的詞，揮筆寫道：

「東風夜放花千樹，更吹落，星如雨。寶馬雕車香滿路。鳳簫聲動，玉壺光轉，一夜魚龍舞。蛾兒雪柳黃金縷，笑語盈盈暗香去。眾裏尋他千百度，驀然回首，那人卻在燈火闌珊處。」

詞的大意是東風拂過，數不清的花燈晃動著，彷彿催開了千樹花，焰火紛亂，往下墜落，又像是空中的繁星被吹落了，宛若陣陣星雨。華麗的香車寶馬在路上來來往往，各式各樣的醉人香氣瀰漫著大街。鳳簫那悅耳的音樂之聲四處迴盪，月亮在空中發出明亮的熒光，光華流轉。熱鬧的夜晚裏，魚、龍形的彩燈在翻騰。

美人的頭上都戴著亮麗的飾物，身上穿著多彩的衣物，在人群中晃動。她們面帶微笑，帶著淡淡的香氣從人面前經過。我千百次尋找她，都沒看見她，不經意間一回頭，卻看見了她立在燈火蕭瑟處。

這首詞在後世很是有名，更是耳熟能詳的南宋詞人辛棄疾所作，沈傲原本是想自己作詞，自穿越之後，他研究過不少詞牌，又請教了幾個博士，倒是對作詞頗有躍躍欲試之情。

其實填詞並不難，難的是文學的功底，歷史上那些著名的詞人，大多都是科舉取士的官員，有文學功底作爲基礎，沈傲倒是還能作上兩首，如《菩薩蠻》《如夢令》，雖然比起那些大詞人來差之千里，可畢竟是自己一番心血，心裏也頗爲得意。

只是這青玉案的詞牌，他卻是沒有涉及，無奈何，只好信手捏來了。匆匆交過卷，次日又是張榜，沈傲的阮考卻只得了第三，對於這一點，他倒是並沒有過多的意外。

這首詞自是千古佳作，可是比較一首詞的好壞，並不只是看其詞藻，重在引發人的共鳴，考官一看，便能看出些許的端倪，便知沈傲完全是憑空想像，雖詞意境悠長，辭藻華麗，卻都是搖頭。

沈傲看了榜，也只是微微搖頭，倒是並無過多的感慨，這首詞若放在南宋，自是驚動四座，可是在汴梁，那金陵紅粉之氣卻是不能觸及人內心的情感。

這阮考過去，真正令沈傲頭疼的，卻是玉考了。

玉考便是鑑賞古玩，關於這個，沈傲的鑑賞水平不低，可以毫不掩飾地說，沈傲自認自己的鑑賞水準絕不在任何人之下，前世吃的就是這行飯，別說鑑賞，就是僞造，也可以到以假亂真的地步。

雖是如此想，可是沈傲的壓力卻是不輕，自己已經答應國公、郡公，一定要阻止大皇子奪魁，而大皇子的實力，雖然沈傲沒有見識過，這幾日倒是也從身邊的人略聽過些他的厲害之處，這大皇子極有天賦，更有一隻靈敏的鼻子，再加上自幼薰陶，其鑑賞的水平已是超凡脫俗，其水準可能並不在沈傲之下。

沈傲自是不畏懼什麼大皇子，可是想到周正、石英的囑咐，便覺得有些壓力，問題發展到現在，已不再是考試這樣簡單了，更是事關到國公與郡公在朝堂中的爭鬥。

既然是人，不管在哪裏，不管你如何清心寡欲，爭鬥自是不可避免，其實沈傲從一開始，就已捲入其中，自然也不怕去爭，只是若是一旦出錯，沈傲自覺很難向人交代。

等到了第二日玉考臨近，沈傲又是精神飽滿，心裏想，管他什麼大皇子，哥哥人擋殺人，佛擋殺佛，倒是要看看，這大皇子到底是什麼水準。

第九二章
放長線釣大魚

唐夫人喜滋滋地道：「哼，有的，整整一大箱呢。」

這麼多？沈傲心裏偷樂，看來這書至少得借個幾十次才能算完，夠用半年了，唐大人果然不愧是唐大人，放長線釣大魚，這線也太長了一些。

一清早起來，玉考還有兩個時辰，倒是一點也不著急，沈傲先去尋了陳濟一趟，陳濟作爲恩師，雖然深居簡出，可是對沈傲的消息卻也是極爲關心的。

所謂一榮俱榮，一損俱損，正可以形容沈傲與陳濟之間的關係，沈傲帶著最近寫的文章到陳濟住處時，陳濟倒是對沈傲經義考時的破題頗爲滿意，稱讚道：

「你能破那怪題，且用詞達意，可見你的才思極爲敏捷，有了這個，經義文章便比別人優勝了一籌，往後該在用詞和列比時加以用心，須知一個好文章，絕好的破題固然重要，可是要取悅於人，文章的美感亦需要多多磨礪。」

沈傲頷首點頭，道：「那是學生突發奇想，靈感乍現才想出的破題，若是再讓學生考一次，並不見得能想出來。」

陳濟搖頭：「你也不必妄自菲薄，你最大的優勢在於思維敏捷，視野開闊，能想人之所未想，這是做好經義的第一步。不過一個經義考，你也不要沾沾自喜，須知真正的科舉，強者如過江之鯽，花團錦簇的經義數不勝數，大浪淘沙，以你那篇經義，能否中第都是問題，所以更該勤加練習，不可因爲藝考，便荒廢了自己的學業。」

沈傲連忙說是。

陳濟抬眸，卻是淡然地深望沈傲一眼：

「據說這一次書試的主考是蔡京？」

沈傲點頭。

陳濟嘆了口氣：「大智若愚，蔡京此人是老夫生平所見最有心智之人，知道爲什麼他明知你與我的關係，卻仍推你爲書試第一嗎？」

沈傲道：「沽名釣譽，以顯示自己的胸襟。」

陳濟捋鬚呵呵一笑：「這只是其一，說到底，還是你盛名太過，保護了你自己。你的才名太大，就是他想掩蓋你的光華，卻又能瞞得住誰？就是當今天子，亦是看過你的行書的，官家浸淫書畫，豈會連你與蔡行的行書都分不出高下。現在風聞蔡京又要起復，這個時候，他又豈會因爲一時意氣而故意爲難於你。」

陳濟似笑非笑地道：「莫說你的行書比之蔡行要高明得多，就是不及蔡行，以蔡京現在的處境，也只會將你排在蔡行之後。只怕這一次書試，蔡行故意藏了幾分拙，從一開始，他便沒有想過要在書試中與你一爭高下。」

沈傲恍然大悟，他雖是聰明，可是這種政治之間的勾心鬥角，卻不及陳濟想得深遠，心裏情不自禁地想：

「是了，就算自己是鬼畫符，要想不讓人詬病他蔡京睚眥必報，蔡京也一定會將自己在書試中高高捧起。所以從一開始，書試不過是個過場罷了，真正的好戲，應當是在殿試，到時是皇帝親自擇才，那蔡行先是示弱，以配合蔡京沽名釣譽，再在殿試中拿出全部實力，極有可能是想在殿試中壓自己一頭。」

沈傲心中暗暗一凜，又想，這個蔡行，莫非已經得到了極大的進步？他的書法在此前其實就已經突破了瓶頸，水準雖是十分高明，卻因爲總是臨摹蔡京的行帖，反而沒有了自己的特色。而對於書法大家來說，這種瓶頸幾乎是難以逾越的，有的人終其一生，到了這個程度也是止步不前。難道蔡行只在短短數月之間突破了瓶頸，竟是融合了蔡體，將自己的風格融匯進去？

若真是如此，這個傢伙倒是個可怕的對手，不但心機深重，先向自己示弱，而且水平自是不差，若是自己一時疏忽，說不定還真要馬失前蹄不可。

到了那個時候，又有誰會說蔡京睚眥必報？只會說他心胸寬闊，可是若是蔡行在殿試中擊敗自己，到了那個時候，自己只怕要遭天下人笑話了。既可打擊，又可以沽名釣譽，這彎彎繞繞的心思，還真是深沉的很。

沈傲正色道：「學生有了準備，就一定不會輸給蔡行，蔡行就算有蔡京的水平，學生也有一拼之力。」

陳濟頷首點頭：「你能有所警惕，自是極好，切記，到了殿試，一定要用雷霆手段，發揮最好的水平，一舉將蔡行擊潰。這不是爲老夫復仇，而是爲了你自己。」

沈傲道：「這又是什麼緣故？」

陳濟呵呵笑道：「唯有這樣，才能讓全天下人知道，你是踩著蔡行的肩膀登上的書試狀元，天下人也都知道蔡京必不肯罷休，人言可畏，蔡京又豈會不知？所以，你越是給蔡行難堪，反倒能令蔡京投鼠忌器，不會對你輕易動手。」

沈傲明白了，微微一笑道：「謝先生指教。」

他舉一反三，心裏便明白，蔡京現在的處境很微妙，一方面，皇帝既想起復他，又怕有人詬病，而蔡京在這個節骨眼上，是絕對不能讓人尋出攻訐把柄的。越是去摸老虎屁股，至少暫時來說，對於自己最爲安全。反正自己已將蔡家得罪，不管如何示弱，蔡京也絕不會放過自己，等他地位鞏固之時，便是發難之日，所以自己也不需客氣。

沈傲笑著道：「若說踩死蔡行，卻是學生最喜歡做的事，先生聽學生的好消息吧！」

這一番談話，算是師徒二人最開誠佈公的一次，陳濟和沈傲沒有僞裝，更沒有任何啞謎，沈傲告辭而出，心裏唏噓一番，這個老師整日將自己封閉在小院落裏，卻當真有秀才不出門便知天下事的味道，外界一切與自己相聯繫的事物都沒有瞞過他的耳朵。

由此可見，陳濟對自己倒是頗爲關心，沈傲心裏一暖，拜了這個師父，就算是與蔡京那老賊反目也值了。

匆匆去了考場，今日是玉考，考試的方式與前幾次不同，採取的是輪考方式，每一個考生進考棚，只限兩炷香之間，辨別出古玩的真僞、年代等等。若是辨別出真僞則爲合格，斷出年代，評語則是尚可，若是還能斷出其他細節，則是優異。

兩炷香時間斷玉，時間很倉促，很大程度的考驗考生的知識積累。好在能參加玉考的人並不多，數來數去，也不過三十幾個，畢竟這玉考先要考經義，已是刷下了一大批人，因此，沈傲與這些人都在太學景逸閣裏安生片刻，每人分發了一個號碼，胥吏來叫時，被叫到的考試。再進入考場，倒是頗有後世應聘的味道。

沈傲望著這景逸閣裏的許多人，心裏卻在想，誰才是那個大皇子？

他一個個人的悄悄打量，在座之人中，每個人都是凝神閉息，端坐不動，斷玉之人與作書作畫的人不同，這些人往往性格較爲深沉，不善言辭，卻是讓沈傲一時憋得慌，心裏頗爲鬱悶。

其實論起靜坐的本事，沈傲自也不差，當年要僞造一個藝術品，他曾一天一夜端坐不動，手拿著小刻刀在房間裏雕刻了一夜。只不過明明是無所事事，卻要他繃著臉一副正襟危坐的樣子，倒是難爲了他。

閒著無聊，沈傲朝鄰座的一人拱拱手道：「敢問兄臺高姓大名？」

這人相貌平庸，眼眸清淡如水，穿著一件尋常的儒衫，約莫也不過三十歲，沈傲一開始倒是猜測此人極有可能是大皇子，因爲此人雖然顯得略有落魄，可是一雙手卻是白皙得很，想必平時一定養尊處優。

不過，沈傲最終卻打消了這念頭，須知他也算是進過宮見過世面的人，見過皇三子，也見過兩個公主，這些俱都是極出色的人物，皇子倜儻風流，公主清新脫俗，皇家的基因自是非同凡響。再看這人，不但相貌平庸，甚至可以用略醜來形容，若他是大皇子，那必是這傢伙出生那會兒被上帝踹下來時，臉蛋先著的地。

這人微微抬首，打量沈傲一眼：「在下王放。」

他說話時顯得漠不經心，顯然並不想和沈傲搭訕。

沈傲呵呵一笑：「我叫沈傲，哈哈，這玉考還真是沉悶的很，等得令人心焦。」

王放聽到沈傲自報了姓名，眼眸中閃過一絲異色，卻是道：「噢，我聽說過你。」便不再說話。

沈傲見他愛理不理，亦是再沒有說話的興致。過不多時，終於有胥吏叫到了沈傲的考號，沈傲心中一喜，慶幸自己終是脫離了這苦海，興沖沖的進入考場。

所謂考場，便是一個廂房，廂房中並無多餘器物，六七個官員坐在兩側，而沈傲的位置，則被官員們包圍，沈傲大方落座，有一名舉筆書記的官員抬眸：

「來人可是沈傲？」

沈傲頷首：「正是學生。」

官員立即寫上沈傲的名字，正色道：「點香。」廂房內煙霧繚繞，一支三尺長香燃起，發出沁人心脾的氣味。

有一名官員拿出一方玉璧來，放置在沈傲身前，道：「請公子明斷。」

沈傲頷首，拿起這方玉璧觀看它的大小色澤，此玉玉質較雜，兩側扁平，近圓形。兩面飾紋對稱，採陰線盤龍紋，首尾相銜，尾含於口內。以「臣」字形彎繞，前眼角下勾，大耳，長角後披，爪彎折，身飾鱗紋及雲紋。

只看這質地和風格，便可看出應當是東周時期的古物，玉身雜質頗多，也正符合周玉的特點，因爲在東周時期，由於生產工藝的滯後，雖是精雕細琢，可是玉質對於後世來說，仍然不夠無瑕。

其實年代越久遠的古物，辨明真僞越難，因爲年代久遠，記載就越少，只能憑斷玉者的直覺去判定真僞，沈傲細細看了這玉璧的細微接縫處，將玉璧放下，道：

「此玉是盤龍玉，乃是東周末期祭祀下葬的冥器，多用於公侯以上的貴族，且玉質用的是墨品玉，產地應當在今日的荊州一代，若學生猜得沒有錯，此玉應當是東周荊楚一帶王侯下葬的冥器。」

他隨即一笑：「荊楚一帶最大的諸侯國是楚國，只不過，楚玉的特徵與這玉璧又有不同，那麼它應當不是楚玉了。」

幾個考官聽沈傲分析的頭頭是道，俱都含笑點頭，其中一個道：「既不是楚玉，那麼該是哪個諸侯國的下葬冥器？」

沈傲笑道：「周武王滅商後，周文王的兩個弟弟分別被封爲虢國國君，虢仲封東虢，虢叔封西虢，兩虢起著周王室東西兩面屏障的作用。西周末年周宣王初年，西虢東遷至荊楚一帶，因此被世人稱之爲南虢國。這副玉璧有很明顯的中原工藝特點，也即是說，這玉璧雖用的是荊楚材質，可是工藝卻明顯比之荊楚更加細膩，唯一一種可能，便是這玉璧乃是東遷之後的虢國人所鑄造，他們在荊楚開的山石，卻繼承了中原的技藝，由此，才能鑄造出如此玉璧。」

幾個考官紛紛點頭，心裏暗暗佩服，這個沈傲果然不同凡響，古時的歷史竟是爛熟於胸，那虢國在經史之中其實也不過寥寥數語罷了，大多數人都會自動將它忽略，尤其是東遷之後的虢國更是勢微，不久之後被吳楚吞併，更無人對它有多大的興致，偏偏沈傲說出來卻是娓娓動聽，將虢國的興衰一句道盡。

「這麼說，這塊玉璧是真的咯？」其中一個考官饒有興趣的問。

沈傲哂然一笑，卻是搖了搖手，很是鬱悶的道：

「玉璧仿造的乃是虢國的盤龍冥玉，可是學生卻沒說它是真品，這玉璧是假的。」

「假的？」

衆考官紛紛望著沈傲，如痴如醉，沈傲的口才極好，品鑑起來，分析的極爲精彩，看他鑑寶，倒是一件有趣的事。

沈傲呵呵笑道：「諸位大人請看，這玉璧的縫隙之間，竟是沒有絲毫礦物攝入，它既是冥器，自該深埋地底，何以一點形跡都沒有？美玉、最容易被色質侵蝕，非但顏色會發生變化，就是細小的接縫處，也一定能看出蛛絲馬跡，再如何盤玉、清洗，不可能如此無瑕，是以，學生斷定，這玉璧是贗品，只不過是一個很高明的贗品罷了。」

上首的考官卻是皺眉道：「你既說它是贗品，何以它的玉質卻如此古樸，明明它是歷經千年之物，莫非也作得了假嗎？」

沈傲微微一笑，望著衆人投來的殷切目光，心知自己猜對了，不急不徐的揭開謎底。

新玉變成舊玉，原本就是困擾了無數騙子的難題。而這個難題，在古代也早有辦法，至於到了後世，各種物理、化學的方法更是不勝凡幾。說到底，還是騙子有文化的問題。

沈傲僞作贗品，折舊的事自是沒有少做，見衆考官來問，心裏便已想到了這個時代新玉轉化爲舊玉的方法，微微一笑道：

「製作這贋品之人，一定是將此玉塞入牛股，如此，就算是新玉，一年之後也變成舊玉了。」

這種手法，沈傲自是不會去嘗試的，不過，他曾親眼看過一個同行從牛屁股裏挖出一塊和田玉，包漿渾厚，宛若隔世。那朋友說，造假者把牛屁股開刀，把新玉放進去，然後縫上，老牛耕地，經常摩擦，包漿加速形成，用這種方法，一年等於一千年。

在這個時代，許多新奇的變舊方法使用不上，倒是這個古老的辦法頗爲省時省力。

沈傲這話出口，幾個考官頓時愕然，忍俊不禁，其中一個考官捋鬚道：

「不錯，老夫的確也聽說過這種辦法，沈公子大才，只是這玉璧不小，牛股如何盛裝？」

沈傲瞥了這考官一眼，很純潔地抿嘴輕笑，這個問題已經涉及到生物學，甚至還有點小小的噁心，沈傲只好篤定的頷首道：

「應當盛裝的下。」

「哦？莫非沈公子曾經有所涉及？」那考官不依不饒，問題很尖銳。

沈傲一時倒是兩難了，若說自己做過這個勾當，只怕要被這幾個考官取笑。可若是矢口否認，豈不是說自己也只是道聽塗說來的，做不得真？

他正色道：「若是大人不信，大可叫人牽牛來試試。」

那考官莞爾，便道：「沈公子好伶俐的口齒，不錯，這玉璧確是仿造周時盤龍玉的質品，沈公子眼力過人，半炷香未到，便已辨出真僞，道出來歷。老夫佩服之至，這玉考，便算優異罷。」

沈傲連忙道：「謝大人。」

另一考官道：「沈公子不必言謝，我等不過是秉公擇才罷了。」說著便端起茶盞，慢吞吞地去喝。

沈傲知道這隱含著送客的意味，連忙起身告辭。

自考場中出來，心裏頗爲輕鬆，這四場考試總算考完，玉試的成績優異，想必殿試的資格一定是取得了。再過三日便是殿試，對於沈傲來說，殿試才是真正的開始。

他不禁苦笑，畫試要面對趙伯驌的挑釁，書試的最大敵人，卻又是那不知實力深淺的蔡行，自己的阮試成績不過是第三，前面兩位自是極厲害的人物，就是最後一場玉試，那素未謀面的大皇子卻不知到底實力如何！

四場殿試，每一個對手都很強勁，要想脫穎而出，只怕並不容易。他疲倦地展了展腰身，決定什麼都不想，趁著這幾日閒暇，好好地休憩片刻。

回到祈國公府，先是去佛堂陪著夫人禮了會兒佛，便躡手躡腳地出來，去取了那兩本唐嚴借來的書，前去歸還。

借書、還書，再借、再還，沈傲頗覺好笑，卻是明白唐大人的心意，可憐天下父母心，唐嚴只此一個女兒，最憂心如焚的只怕是女兒的婚嫁之事。

在這個時代，一個女人到了雙十年齡，就已是剩女了。若是再大些，不管唐小姐如何出眾，只怕說媒之人也會越來越少。

唐大人急著嫁女，滿汴京的男子，唐茉兒卻都看不上，這心高氣傲的唐小姐，要尋的夫君，自是一個比她思路更加敏捷，對四書五經更是熟稔精通的俊才；否則以唐才女的滿口珠璣，道出來的啞謎，卻讓誰聽去？

沈傲覺得唐才女和後世的博士女有幾分相似，若是尋個學歷較低的，夫妻之間又有什麼共同語言，與其這樣痛苦，倒不如繼續待字閨中。

輕車熟路地來到唐家，唐嚴今日又是不在，唐夫人蹲在庭中的天井處擇菜，見到沈傲過來，自是放下手中的活計興沖沖地爲沈傲開門，口裏道：

「沈公子，你怎麼又來了？哎呀呀，你家師父今日會友去了，只怕要過一日才能回來。」

她故意將又字說得很重，好像是說，我也不是很歡迎你來，可是她的臉上，卻是明明蕩漾著歡笑，殷勤極了。

沈傲心知這唐夫人的心意，心裏竊笑，想不到這唐夫人還有幾分小心機，連忙正色道：「學生是來還書的。」

「還書？」唐夫人故作疑惑地猛然醒悟：「噢，老身想起來了，沈公子是曾借過書，快進來，快進來。」口裏還抱怨道：「這書也不必急於一時來還的，你看看你，風塵僕僕的樣子，連眼袋都冒著黑圈呢。」

沈傲呵呵笑著，道：「學生看了這書受益匪淺，只是這書中的範文已是爛熟於胸，不知還有沒有下一冊？」

唐夫人喜滋滋地道：「哼，有的，整整一大箱呢。」

這麼多？沈傲心裏偷樂，看來這書至少得借個幾十次才能算完，夠用半年了，唐大人果然不愧是唐大人，放長線釣大魚，這線也太長了一些。

唐夫人手裏濕漉漉的，笑呵呵地道：「沈公子先進去坐，我摘了菜便去給你沏茶，對了，今日便在這裏吃飯吧。」

沈傲便卻是將書放在屋檐下的窗台上，捋起袖子道：「學生既然來了，怎的好教師娘摘菜，學生來代勞，師娘在旁督促便是。」

唐夫人便笑：「你個書生摘菜做什麼，你和那位唐大人都是清貴人，這等事還是老身來做就是了。」

她說到唐大人三個字，故意拉長音，不知唐嚴又是哪裏得罪了她。

沈傲只好訕訕笑道：「那我進去坐了。」他一點都不客氣，進了那廂房改成的小廳，廳裏無人，尋了個凳子坐下，卻看到案上有一本詩冊，沈傲撿起來看，便忍不住笑了起來。

這詩冊正是前幾期的《邃雅詩集》，而且明顯還是較爲劣質的盜版。不過唐家家境也不寬裕，就是買盜版也是很吃緊的，那正版的詩冊一本數貫，剛剛發售便一搶而空，唐家哪裏捨得購買。

他隨手翻了翻，最近《邃雅詩集》的詩文質量又有了不少的提高，其中不乏有一些汴京名士作的詩詞，看得叫人擊節叫好。

邃雅詩冊自印刷發售以來，質量自是越來越高，一開始，還只是由沈傲領頭，帶著一群有些功底的公子們無病呻吟。到了後來，不少才子也紛紛加入進來，畢竟自己的詩文印刷成書，對這個時代的士子頗有吸引力，如此一來，由於不斷的有水平高超的才子補充，質量自是節節攀升。

「沈公子也好詩詞？」

不知什麼時候，唐茉兒盈盈過來，她穿著一件稀鬆平常的羅裙，衣衫飄動，步態輕盈，湛湛有神的雙目之下修眉端鼻，頰邊微現梨渦，露出端莊笑容。

沈傲呵呵一笑，望著唐茉兒道：「偶爾看一些，打發聊賴罷了。」一語敷衍過去，便忍不住道：「茉兒姑娘昨夜沒有睡好嗎？怎的臉色不好？」

唐茉兒的臉色顯得有些蒼白，一雙美眸下有一層淡淡的黑影，她略帶疲倦地道：「沒什麼，只是有些事令人心中難安。」

沈傲見她一時失神，知道她要講心事了，心裏不禁地想，茉兒姑娘肯吐露心事，自是將自己當作了最親近的好友，連忙正襟危坐起來，洗耳恭聽地等唐茉兒繼續說話。

唐茉兒見他這副模樣，疑惑地問道：「沈公子這是做什麼？」

「聽你吐露心事啊。」沈傲抿嘴一笑。

唐茉兒忍俊不禁地道：「誰說我要吐露心事？」

沈傲一時汗顏，判斷失誤！看來自己察言觀色的水平略有下降了。

唐茉兒又笑道：「好吧，我便吐露幾分心事給你聽聽吧！」

峰迴路轉了！沈傲受了剛才的教訓，作出一副榮辱不驚的模樣，道：「請茉兒姑娘示下。」

唐茉兒道：「沈公子隨我到後院去看吧。」

她站起身，引著沈傲穿過後廂，打開後門，便是一處開闊的空地，和前院一樣，也是用籬笆圍起來，四鄰則是隔壁的屋子，這後院並不大，卻是種了不少的花草，春風搖曳，芬香撲鼻。

唐茉兒走至沿著牆根的屋檐下，沈傲一看，卻見一隻鳥兒躺在鋪就的乾草中奄奄一息，這鳥兒羽毛潔白，羽基微染粉紅色。後頸部有長的柳葉形羽冠，額至面頰部皮膚裸露，呈鮮紅色。

「這……是朱鷺？」

沈傲略帶震驚，這種珍奇的鳥類他也只有在動物影片中見過，朱鷺在後世也瀕臨滅絕，這樣的鳥兒彌足珍貴。隨即一想，這裏可是在宋代，朱鷺只怕不少，因而撇撇嘴，倒是並不以爲意了。

「昨天夜裏，有兩個頑童打死了一隻雄鳥，這隻雌鳥便在屋脊上哀鳴了一夜，今日便落在我家窗台上，我尋了水米來餵牠，牠也不吃，真教人心痛。」

她小心翼翼地撫摸著這朱鷺鳥，原來昨夜失眠，卻是這鳥兒引起的。

沈傲走過去蹲下身體，與唐茉兒擦肩去看奄奄一息的朱鷺，道：

「這鳥叫朱鷺，這種鳥兒最是忠貞不過的，雄鳥死了，牠們爲此殉情，也是常有的事。」

唐茉兒眼眸中霧水騰騰，呢喃道：

「這便是鴛鴦嗎？中有雙飛鳥，自名為鴛鴦。仰頭相向鳴，夜夜達五更。世上也唯有這樣的鳥兒才最為忠貞。」

沈傲呵呵一笑，鴛鴦雙宿雙飛固然不錯，他卻知道，鴛鴦是最花心的鳥兒。早上雙宿雙飛的一對鴛鴦，到了夜裏，或許雄鳥已經換了一隻伴侶，只不過古人哪裏能分辨出雌鳥已是易手，仍是不斷歌頌著鴛鴦的忠貞。

這些話，沈傲自不會說破，笑道：「茉兒姑娘何必感傷，這鳥兒固然奄奄一息，可是這又何嘗不是牠的願望？」

唐茉兒道：「沈公子真是狠心人。」

沈傲默然不語，卻是去看這後院的風景，目視著那開拓出來的花圃道：「這些花草莫不是茉兒姑娘種的？」

唐茉兒縲首道：「公子也懂賞花？」

沈傲苦笑道：「賞花不會，喝花茶倒是很精通。」

唐茉兒嫣然一笑，卻又是朝那朱鷺皺起了眉。

這時，唐夫人斟了茶，便叫二人到廳中去坐，一面對沈傲埋怨道：「你的那個師父真是教人氣惱，好不容易清閒幾日，卻又四處覓友，這個家，他反正是不顧的。」

沈傲呵呵笑道：「唐大人交遊廣闊，師娘應當高興才是。」

唐夫人啐了一口：「我高興個什麼，這千斤的重擔，總不是落在他的身上。」

給沈傲倒了茶，放在沈傲身前，繼續道：「這種事本不為外人道哉，可沈公子不是外人，你也不要為他辯解，聽聽也就罷了。」

沈傲只好笑著去喝茶，道：「學生明白。」

唐夫人喋喋不休的又道：「過幾日你就要殿試，事關你的前程，你莫要大意了。」

沈傲點頭，道：「是。是師娘教誨，學生銘記。」

唐夫人便笑道：「你這人，就是這般的多禮。」

小坐一會，唐夫人似有想起了什麼，道：

「明日城隍廟裏有一廟會，據說天一教的活神仙要親自做法事，活神仙的神通是極廣大的，能醫治百病，點石成金，仙法無窮。沈傲明日也去吧。到時求活神仙保佑你殿試一舉奪魁。不過這件事……」

唐夫人放低聲音道：「不要和你的唐大人說，他若是知道了，又不知要說些什麼話出來，君子敬鬼神而遠之，嚇，既是敬鬼神，為何又要疏遠，你那師父是讀書讀糊塗了，你切莫這般糊塗。」

唐茉兒在旁道：「娘，沈公子也是讀書人，怎麼教他去信鬼神，這些小把戲，我也是不信的。」

唐夫人頓時噤聲，氣呼呼的道：

「傻丫頭胡說什麼，呸呸呸……，往後再也不要說什麼褻瀆天尊的話，這位活神仙天尊神通廣大，我是親眼所見，這種事還作得了假嗎？你這丫頭，也是讀書讀傻了，女子無才便是德，這句話說得不錯，怪只怪為娘的一時糊塗，小時候你爹捧著你讀書，卻沒有將你支開，你看看，你看看，現在這樣子像什麼話。」

唐茉兒頓時很委屈的道：「男子讀書，女子為何不能讀書，什麼無才便是德，我偏是不信。」

沈傲連忙眼觀鼻鼻觀心，呆呆坐著不動，這種家事他可不好摻和，不過那什麼活神仙，沈傲其實也是不信的。

不過，在這個時代，活佛神仙們大有市場，據說就是皇帝也頗為推崇仙術，上行下效，當地的官府也不敢隨意取締，慢慢的就助長了這種風氣。

唐夫人又道：「沈公子，你莫要聽茉兒胡說，她是口沒遮攔的，明日我帶你去廟會，你自己去祈祈福，或許能得神仙庇佑呢。」

沈傲一時倒是為難了，望了唐茉兒一眼，見她朝自己搖頭，又看到唐夫人殷切的眸光，權衡片刻道：「那就去逛逛廟會吧，湊湊熱鬧。」

唐夫人大喜，道：「這就太好了，明日許多街鄰也要一道兒去呢，清早你便過來，不要耽誤了事。」

沈傲應下來，在這裏用過了飯，便又回公府去。殿試越來越近，他正想趁機散散心，廟會他從未體驗過，倒是興致盎然。

第九三章
最好的茶

小二眉飛色舞地道：「這『廬山雲霧』乃是本店最有名的好茶，
因這茶樹生在山峰雲霧之中，因而稱作『雲霧茶』。
前朝大詩人白居易曾在廬山香爐峰建草堂居住，親自開闢茶園種茶，
並留有茶詩數首，最是風雅不過的。」

第二日清早，夫人叫他過去，沈傲說今日要出門，夫人便問他去哪裏，夫人禮佛，沈傲自不敢說去圍觀活神仙，便推說是與幾個同窗有約。

拜別了夫人，到了唐家，唐夫人早已起來了，穿著一件新裁的衣衫，喜氣洋洋的道：「你和茉兒在這兒候著，我去叫幾個街坊同去。」

唐茉兒出來，見到沈傲抿嘴一笑，道：「沈公子當真要去祈福嗎？」

沈傲正色道：「祈福就不必，倒是圍觀活神仙是我的愛好，我要看看那活神仙故弄什麼玄虛。」

唐茉兒撲哧一笑，道：「你這人就沒有正經的時候。」

不一會兒，唐夫人便在院外叫人，沈傲和唐茉兒出去，便看到唐夫人身邊又有幾個婦人，一個個打量著沈傲，卻都是笑吟吟的，很有深意。

唐夫人對諸人道：「這是我家的遠親，今日他恰來拜訪，便帶他去廟會走走。」說沈傲是遠親，自是爲了方便一些，沈傲會意，連忙道：「是啊，這一趟我是來拜訪伯母，正好去廟會看看。」

幾個婦人紛紛笑，道：「這書生的模樣兒倒是挺俊俏，只是不知許過親了沒有？」她們口沒遮攔，和唐夫人胡亂說笑，縱是沈傲臉皮再厚，此刻也微微有些發紅。

沈傲尾隨在後，唐夫人拉著唐茉兒與幾個婦人並肩在前，這幾個婦人大多與唐夫人關係尚可，倒是有一個頗有些爭強好勝，一路過去，竟是絮絮叨叨，一下說自個兒的女兒嫁給了城東的劉舉人，又說這劉舉人家中如何殷實，平時又送多少禮物給自己受用。

話鋒一轉，卻又對唐茉兒道：「你年歲這般大，還不快尋個如意郎君，再拖延，那些公子、書生們便不稀罕了。」

唐茉兒默然無語，只是垂頭挽著母親亦步亦趨。

那婦人見唐茉兒不答，又對沈傲道：「公子的口音似是有些怪異，公子莫不是外鄉人？」

沈傲的口音和汴梁的口音還真有點不同。

沈傲隨口糊弄她：「是啊，我是來汴京投親的。」

婦人便笑，目含不屑的道：「來了這汴京，更應該去趕趕廟會，天子腳下的廟會與外鄉趕集是不同的。沈公子，我看你衣飾的質料不差，又戴著綸巾，莫非你已有了功名？只怕已是個秀才了吧。」

沈傲呵呵笑著點頭。

婦人便道：「能有個功名自是好的，不過，你若是聽老身一句勸，老身也有幾句話要說。古往今來的讀書人不知凡幾，可是又有幾個能高中的？每場科舉赶考的舉人、秀才，將汴京城都塞滿了，卻又是如何？真正得意的又有幾人？」

她說到得意處，洋洋得意的道：

「就比如我那賢婿，雖說中了舉人，可是考了一場科舉，便知道要中這進士已是千難萬難，他沒有書呆子氣，反正身上有了功名，於是便操持起了一些買賣，做買賣雖是低賤，銀子卻是真的，是不是？只幾年功夫，如今已是發家了，在城東買下了一座大宅子。公子你說說看，是不是這個道理。」

沈傲不願去理她，只說了句：「一點也不錯。」

唐夫人顯然也是不喜這婦人，連忙朝沈傲招手：「沈傲，到我這裏來說話。」

那婦人見唐夫人如此，豈能不知唐夫人的意思，眼眸中閃露不悅，道：

「就如唐夫人，雖說自己的丈夫爭氣，爲她爭了個誥命回來。可又如何？和我們這些賤身又有什麼不同。所以說，這做官，也不是尋常人能做的，人家做官，自是鮮車怒馬，可是有的人做官，既寒酸又沒有體面，這樣的官，做了又什麼用？」

這種婦人之間的明爭暗鬥，往往比之什麼家鬥、宮鬥、政鬥更加激烈，婦人也不知是不是因爲方才有人讚沈傲俊俏，心裏起了攀比之心，故意將自己的女婿祭出來，卻不曾想方才那一番話卻是觸動了唐夫人的逆鱗，唐夫人淡然道：

「我丈夫雖不會做官，卻是會做人，做人但求無愧於心，家裏雖是清貧，可是我們吃得香，睡得著，不必仰人鼻息，老身自得其樂呢。」

她平時埋怨唐嚴賺不回錢來，可是此刻卻是一力迴護，一下子倒是成了安貧樂道、清心寡欲的居士，臉上洋溢著些許自豪。

婦人便冷笑：「是呵，這話倒像是我的女婿做了什麼見不得人的事。」便不再說話了。

一路上過去，其中一個婦人看到遠處有人賣糖人，便興致勃勃的過去向貨郎問價錢，先前那婦人受了氣，存心要尋回臉面，便道：「不過是幾文錢的事，貨郎，給我來十串，請諸位姐妹們吃。」說著便掏出幾十文錢來。

唐夫人心氣可不見得有這樣寬廣，板著臉對貨郎道：「我的糖人，我自個兒付錢。」說罷，從腰間拿出錢來，卻是一定要和那婦人爭個高低。

那婦人陰陽怪氣地道：「唐夫人，你的手頭也不寬裕，我請你吃，你接了就是，都是街坊，有什麼不自在的。」

「咳咳……」沈傲咳了兩聲，帶著微笑，別有深意地道：「伯母，楊夫人說得沒錯，這糖人又不是什麼值錢的玩意，既然是楊夫人好意，總是不能駁了人家的顏面。」

這婦人叫楊夫人，原本聽著沈傲的話，還以爲沈傲是向著她的，可是一咀嚼，便覺得有點兒不對味了，什麼叫不是值錢的玩意？

唐夫人會意過來，便笑：「好，楊夫人美意，我就不客氣了。」

有了這個小插曲，眾婦人才知道這個沈傲不簡單，方才傻乎乎的書呆模樣，原來全是裝的。

楊夫人更是心中忿忿，自個兒掏了錢，卻是沒有買個好來，便故意對沈傲道：

「沈公子是哪裏人士？」

沈傲想了想，自己前世的家鄉在江西，便道：「我是洪州人。」

「洪州？」楊夫人撇撇嘴：「沒有聽過。」

沈傲只是淡笑，唐夫人過來解圍道：

「這是你孤陋寡聞了，不是有一座繩金塔便在洪州嗎？」

楊夫人湊了個沒趣，心裏憤恨的想，這唐夫人和姓沈的，竟是合起來欺負她一個！便故意呵呵笑道：「噢，想起來了，沈公子，你的父母還在嗎？」

沈傲在前世便是孤兒，到了這裏更是孑然一身，黯然道：「都已去世了。」

楊夫人便道：「父母沒了，就更該攢些銀錢，讀書倒不如去做些生意，你看那貨郎，每日至少可賺三百文錢呢，別看他低賤，家底只怕比唐夫人還要殷實。」

唐夫人咬著唇欲要回駁，被唐茉兒扯了扯，總算是將這口氣咽了下去。

沈傲呵呵笑道：「楊夫人說得對，一日三百文，學生就是做夢，也賺不到這麼多。」

楊夫人聽著，便顯出幾分得意，繼續道：「這就是了，所以說做人，就要放下架子，切莫端著，否則窮困潦倒，到時嫁個女兒也怕湊不出嫁妝來。」

「這女人的嘴巴倒是夠刻薄的！」沈傲心裏不由地暗道，卻是不想繼續跟楊夫人說下去，這一句句刺耳的話就如刀子，直要往唐夫人的心窩裏扎啊。

幾人路過一家茶坊。這茶坊卻是一家新店，沈傲去看了茶旗，上面寫著「邃雅茶莊」四個大字，心裏便明白，這是吳三兒最近開張的幾家分店之一了，這裏恰好處在鬧市處，距離廟會也不遠，人流不少，倒是一個開茶莊的好地方。

沈傲不動聲色地道：「剛剛開春，這天氣便有些熱了，這廟會只怕還早，我們不如先去喝口茶吧。」

唐夫人便笑：「要喝茶，在家裏喝豈不是更好？又何必要到茶坊來糜費銀錢。」

楊夫人眼眸一亮，心裏不由地想，這姓沈的莫不是方才吃了她的糖人，現在又想教她請他吃茶吧？請就請，趁著喝茶的功夫，羞辱羞辱這個書呆子。

楊夫人心裏有了主意，便笑吟吟地道：「我也有些渴了，不若我們進去坐一坐吧，唐夫人，你儘管放心，總是不必糜費你的銀錢。」

唐夫人板著個臉，卻是不吭聲。

眾人進去大堂處已是客滿，生意倒是不錯，楊夫人在一旁道：「這邃雅茶坊是間新店，可是來路卻是不小，沈公子，你聽說過邃雅山房嗎？」

沈傲作出一副茫然的樣子，驚道：「邃雅山房是什麼？」

楊夫人輕視地看了沈傲一眼，卻是喜滋滋地道：

「這邃雅山房，乃是汴京城最好的茶莊，店面便有三四個，價錢在整個汴京城也是數一數二的，能來這裏喝茶的，不是達官貴人便是才子俊才，至不濟，也都是家中殷實的中戶人家，據說這邃雅山房和宮裏還有關係呢。」

和宮裏有關係？沈傲心裏不由地說，我怎麼不知道！

楊夫人見他茫然的樣子，便繼續笑著道：

「這茶坊的總店裏，還掛著官家親筆御書的字呢，說是『邃雅山房是好茶坊』，你看看，連官家都這樣說，這生意還能不火？這許多的生意加起來，那山房的東家一年至少能賺個五萬貫以上，這樣大的生意，可不是尋常人能做的。」

楊夫人吹噓邃雅山房，自是認爲自己能請諸人來這裏喝茶是很體面的事，當然要好好地吹噓一番。一旁幾個夫人紛紛道：「如此說來，這裏的茶水豈不是價格不菲？」

楊夫人道：「這是自然，在這裏，最低劣的茶水也要五文錢，若是再上了糕點，沒有三十文錢也不好意思進這店門。」

眾人一陣唏噓，三十文錢，那足夠買兩斤豬肉幾升米了，來這裏只爲喝一口茶，真是奢侈啊。

楊夫人昂首闊步地在前，一個伙計笑吟吟地過來，口裏道：

「女客官，不知想吃什麼茶？我們這裏有廬山雲霧，有黃山一品，有青峰細葉，還有淮南嫩尖……」

他一口氣報了十幾種茶名，其實這些茶，有的是名茶，有的卻是沈傲爲它們取的名字，茶這東西，取名很重要，好茶配上好名，一般都賣得相對紅火一些。

楊夫人眼睛去瞧那牆壁上的匾額，茶坊很乾淨，也很通透，家具的擺設也很合理，在牆壁上，一個朱漆匾額上還寫了數十種糕點和茶和名字，後面寫上了價錢，如此一來，茶客們便可以根據自己的消費能力直接點上茶水、糕點。

楊夫人看到先頭那幾個上百文錢的茶水，心裏忍不住咋舌，一直往下看去，總算是在那「淮南嫩尖」四個字前停住，這淮南嫩尖，只要二十文一壺，這麼些人，一共加起來兩壺便已夠了，還可以再點幾樣糕點，價錢多少可以控制在百文之內，若是再多，楊夫人便有些擔憂自己要付不起賬了。

楊夫人正要對小二說來兩壺淮南嫩尖，卻不料沈傲在後頭道：

「這盧山雲霧是什麼名堂？」

小二眉飛色舞地道：

「客官好眼力，這『盧山雲霧』乃是本店最有名的好茶，此茶產自南康軍的盧山，那裏僧侶雲集，攀危岩，冒飛泉，更採野茶以充饑渴。各寺於白雲深處劈岩削谷，栽種茶樹，焙製茶葉，因這茶樹生在山峰雲霧之中，因而稱作『雲霧茶』。前朝大詩人白居易曾在盧山香爐峰建草堂居住，親自開闢茶園種茶，並留有茶詩數首，最是風雅不過的。就是到了本朝，這盧山雲霧現今還被列爲『貢茶』。每年到了春季，便有供奉司的差役前去摘茶，送入宮中。」

南康軍在後世被稱作九江，沈傲不由含笑道：「這盧山雲霧距離我的家鄉倒是不遠，好罷，就來兩壺盧山雲霧，再來幾盤糕點。只是這堂中已沒有了座位，樓上可有包廂嗎？」

小二道：「樓上廂房倒是有的，不過得另加五十文錢，還有幾處廂房正對著廟會，從那裏去看廟會最是開闊，需加一百文錢。」

沈傲便道：「那就再要一個加一百文的廂房。」頓了一下，漫不經心地對小二繼續道：「勞煩你引路吧！」

小二立即嬉笑著應了一聲，當先引著眾人上樓。

那楊夫人已是面如土色，她方才瞄了廬山雲霧的價錢一眼，竟是要五百文一壺，兩壺便是一貫，再加上糕點和廂房，七七八八加起來只怕要兩貫不止。

兩貫可是一筆大數目，尋常人一個月也不過這點工錢，楊夫人家裏雖是頗爲殷實，卻哪裏消費得起，更何況，她就算是咬著牙請這一回客，身上也沒有帶這麼多錢啊！

須知兩貫便是兩千文，兩千個銅錢足有數斤重，一個尋常的婦道人家，只是來趕一場廟會，卻要帶這麼多銀錢做什麼？

楊夫人的臉色顯得有些青紫，卻又不肯示弱，但想到待會兒付賬的尷尬，心裏已是忐忑不安，望了那故作大方的沈傲一眼，心裏不禁地想，這個姓沈的當真滑頭得很，他是故意要教她難堪嗎？

小二帶著眾人到了一間廂房茶座，廂房很有特色，細小的格子門，格子窗一排打開，正對著廟會。牆壁四周有大半圈都是用格子做的古董架，上面擺放著一些陶瓷瓦罐，在包廂正中，有一張長長的梨花木方桌，圍繞著方桌，擺放著六張黃花梨製作的椅子，使得整個房間都洋溢著古樸風格。

這裏很清靜，一塵不染，一排紙窗打開，外頭和煦的陽光灑落下來，整個茶座顯得說不出的亮堂。

那小二笑嘻嘻地道：「公子，諸位夫人，請稍待，小的立即便將茶水、糕點端來，若還有什麼吩咐，只需搖搖這繩索，便會有人來伺候。」

眾人一看，原來自房梁下來，有一根長索直直垂下，只要搖搖繩子，這繩子與後堂相連，那一頭掛著一個鈴鐺，那邊鈴鐺一響，跑腿的小二們便知道客人來叫了。這樣的設計雖是簡單，卻十分精巧，且方便實用，客人一有需要，再不必四處尋人。

從這裏的窗戶看去，便可以看到遠方街角處的廟會場所，那裏一座大廟，高有六七丈，明三層，暗三層，看上去雄偉壯闊，富麗堂皇。廟前的廣場上更是人群如織，貨郎小販穿梭其間，各種藝人表演雜耍百戲，山車旱船、走索帶桿、吞刀吐火、熱鬧非常，無數人頭攢動，彼此吆喝聲竟可以傳到茶座裏來。

那什麼活神仙只怕還沒有到，因而街上的次序頗有紊亂，沈傲反正不急，便想著先喝口茶，再去看看那活神仙又有什麼教人心服的本事。

待那小二走了，眾人坐下，都是略帶心虛，這樣昂貴的茶水，她們是從未喝過，倒是沈傲顯得一臉坦然，小聲去和唐茉兒說話，看得楊夫人暗暗懷恨，可是懷恨歸懷恨，她的心裏頭又頗爲忐忑，等下若是付不起賬，自己該當如何？方才自己誇了海口，若是拿不出銀錢來，只怕要教人恥笑，況且這店家又豈會輕易罷休？今日也不知走了什麼霉運，竟是撞到了這等事。

不多時，茶水和糕點便端了上來，那茶壺熱騰騰的，沈傲的鼻子抽搐了一下，在鼻尖處已經可以聞到濃郁的茶香味了，便笑道：「我是小輩，自該是我爲諸位夫人斟茶的。」

說著，沈傲便站起身來，提著茶壺一個個爲諸人斟上茶水。

其實若說品茶，他倒是略略精通一些，只是這些品茶的功夫，自然不能在婦人面前賣弄，不是沈傲高傲，只不過這等事，自是該和懂行的人切磋才有意味，因而夫人們如何喝茶，他也如何喝，絕不表現出另類。

唐夫人笑呵呵地道：「沈傲，瞧你這樣輕車熟路的，倒像是這裏的常客。」

沈傲連忙道：「今日只是托楊夫人的洪福，學生這人臉皮厚，所以嘛，在伯母面前顯得輕車熟路了一些。」

眾婦人都是踟躕不語，沈傲大大咧咧地點了如此好茶和楊夫人的爲難，她們豈會不知？皆都有些心裏不安起來，想著：「他們二人較上了勁，不知待會該如何收場，哎，但願楊夫人帶了兩貫的錢引出來，否則這許多人就是東拼西湊，只怕也不夠會賬的。」

茶吃到一半，糕點還未上齊，那廟會的場地突然傳出一陣喧嘩，從排窗向外看，在一陣樂聲之中，隱約看到一條迤邐而來的隊伍徐徐往廟會方向去，無數青色道袍的男女信徒或拿著撥兒、鑼鼓，或抬著法器、旗幟，簇擁著一方法駕徐徐出現。

沿路的百姓自是退讓到一邊，虔誠跪拜，一時莊肅無比。

「人來了！」沈傲興致勃勃地望著那莊肅的隊伍，卻有幾分意外。

作為穿越人士，沈傲很難預料到這種場面，那法駕被眾多信徒簇擁，沿途無數人跪倒，那莊肅之氣自是無與倫比，可是卻又透出一股說不出的味道，這種感覺有點滑稽，讓沈傲心裏感到很不舒服。

唐夫人見了那法駕，頓時也無比莊肅起來，道：「沈傲，快，我們下樓去，去拜見天尊。」

眾夫人卻頗有些不捨，這茶水、糕點價值不菲，吃到一半，如何能說走便走？

沈傲拉了拉那房梁上懸下來的繩索，過不多時，便有小二進來，笑嘻嘻地道：「公子、諸位夫人，有何吩咐？」

沈傲道：「結賬吧！」

小二笑呵呵地道：「兩壺廬山雲霧共是一貫，除此之外，還有千層蜜線糕四碟、糖蒸酥酪兩碟、玫瑰酥一碟、梅花香餅一碟，共是七百三十二文錢，再加上廂房的費用，公子，一共是一千八百三十二文，這零頭便算了，只需一千八百文錢。」

楊夫人臉色黯然，咬著唇，心裏不禁地想，該死，吃口茶竟要一千八百文，自己身上不過百來文錢，該怎麼辦？心裏惴惴不安地正準備迎接那暴風驟雨。

沈傲呵呵笑道：「這茶水和糕點都不錯，尤其這雲霧茶很沁人。」說著，便淡然地掏出兩張一貫的錢引交到小二的手裏，道：「剩餘的錢就不必找了，是我賞你的。」

小二眉開眼笑，連忙道了一聲謝，喜滋滋地收拾碗碟去了。

「諸位夫人，走吧！」沈傲淡淡笑著，彷彿將方才的不愉快悉數忘卻，只輕輕瞥了目瞪口呆的楊夫人一眼。

唐夫人便道：「怎麼又教你付賬，沈傲，這多不好意思。」

唐茉兒笑吟吟地望著沈傲，心裏卻在想，這個傢伙，不就是故意要給楊夫人難堪嘛！

楊夫人眼珠子都快要落下來了，眼見沈傲一副淡然的模樣，心裏卻是轉了無數個念頭，她方才還嘲笑沈傲是外鄉人，是窮書生，可是現在卻陡然明白，眼前這人竟是家世不菲，雖是舒了口氣，卻是尷尬極了。

其餘的婦人也是面面相覷，誰也不曾想到事情的發展竟是到了這個地步，便紛紛眉開眼笑道：「好，我們下樓。」

出了廂房，自樓梯下去，沈傲也不再說什麼，楊夫人彷彿若有心事，自是不再來討沒趣，迎面卻是有一人上樓，這人一見沈傲，頓然驚聲道：「沈公子！」

沈傲一看，卻不是吳六兒是誰？

吳六兒如今不賣炊餅了，比之從前精神了不少，他個子本就矮胖，穿上合體的員外裝，卻多了幾分富態，連沈傲都要認不出來。

沈傲呵呵一笑：「原來是六兒啊，你不是在山坊裏主持嗎？怎麼又到了這裏？」

吳六兒連忙笑呵呵地朝沈傲打躬作揖，道：「回沈公子的話，這是新店，沒有一個幹練之人照看著可不行，因而三兒便教我來看顧。」

沈傲頷首點頭：「那山坊的生意怎麼辦？」

吳六兒道：「那裏有三兒兼顧著，又是老店，一般都不會出差錯，更何況，春兒姑娘也是幹練之人，既會記賬，又能照應邃雅山房，就是周刊那邊，她也能兼管一些，所以不妨事的。」

沈傲卻不知春兒有如此幹練，心裏倒頗有些心疼，女孩子家的，卻要操持這麼大的生意，她一切的辛苦，還不是爲了自己嗎？

心裏惆悵一嘆，沈傲便道：「你去忙吧，我只是來這裏吃些茶點，現在去廟會裏看神仙。」

吳六兒連忙道：「沈公子好走。」

這番話卻是教身後的婦人一陣迷惑，吳六兒顯是這裏的掌櫃，可是他與沈傲對話的口氣，倒像是掌櫃向東家報賬一樣，莫非這沈傲就是邃雅山房的東家？

楊夫人眼眸驚愕過後，顯得有些黯然，臉色也是極差，心裏忐忑不安地想，原來今日撞到的卻是個貴人，真是該死，早知如此，便不該在他面前胡言亂語，現在得罪了他，誰知這公子會不會伺機報復？若他當真是邃雅山房的東家，憑著他的關係和財力，要報復自己，豈不是像捏死螞蟻一樣容易？

其餘的婦人俱都有些小心翼翼起來，唯有唐夫人和唐茉兒雖有些意外，倒是不至於失色，她們知道沈傲與祈國公府有干係，卻不曾料想連這邃雅山房也是他的產業。

出了邃雅山房，眾人便不再說話了，氣氛頗顯得尷尬，楊夫人鼓足了勇氣，走至沈傲身前，訕訕然地道：「沈公子……」

「嗯？」沈傲微笑地看著楊夫人道：「楊夫人有什麼吩咐？」

楊夫人低聲呢喃道：「方才老身若有得罪之處，望公子切莫見外，老身是一時糊塗，竟衝撞了公子，實在萬死，您……您……」

她一邊說，一邊觀察沈傲的眼色，小心翼翼極了。

沈傲哈哈笑道：「衝撞？楊夫人什麼時候衝撞了我，我怎麼不知道？學生只記得夫人方才請我吃了糖人，學生很感激。」

楊夫人明白了，笑道：「沈公子大人大量。」心裏舒了口氣，不禁流露出些許感激之色。

到了廟會，這裏已是人山人海，女眷們很是不便，只在外頭瞧著熱鬧，唐夫人便對沈傲道：「沈傲，你快進去爲自己祈福，若是有機會能得見天尊的顏面，求他護佑你平安康健。」

沈傲促狹道：「順道祈求天尊保佑茉兒姑娘尋個如意郎君。」他咬了咬嘴，膽子頗有些放開了一些，又補充了一句：「最好像我這樣的。」

唐茉兒到了街上，便一直矜持著沉默不語，見沈傲胡說八道，啐了一口道：「沈公子胡說什麼！」

話音剛落，沈傲已走進了人海。望著他的背影，唐茉兒滿目悵然，卻有一股說不出的味道，仔細咀嚼著沈傲的話，心裏不由地想：「他方才那句話，不知是什麼意思？」

第九四章
活神仙

幾個殘疾人再不敢上前一步，那天尊突然張眸，這時沈傲才看清了他，見其雖年過七旬，卻面露紅光，一身道骨仙風，頭髮花白，一縷青鬚隨風而動，眉宇之間卻透有慈祥之意，讓人一見，便有一股舒服自在之感。

沈傲鑽入人海，遠遠便聽到一人高聲吼道：

「賊廝，擠個什麼，老子殿前司帳下公幹，你再擠，仔細你的皮。」

這聲音好有霸氣，回頭一看，卻是鄧龍與幾個伙伴也擠進來，沈傲朝他招手：「鄧虞侯。」

「啊呀，原來是沈公子，哈哈，弟兄們快來，他就是沈傲了。」

鄧龍帶著幾個伙計，無人敢往他們那兒擠撞，留下了一小片空地，可見這殿前司的名頭還真是響亮，竟是無人敢惹。

鄧龍和一同而來的幾個人，個個虎背熊腰，看到沈傲的目光精光閃閃，俱都笑道：「原來是沈公子，久仰大名，今日能在這裏相見好得很。」一個個抱拳，虎虎生風。

沈傲回禮，道：「這幾位也是在殿前司公幹的嗎？」

鄧龍露出苦色：「是，這幾位都是我要好的伙伴。」接著嘆了口氣，又道：「指揮使大人不讓我回殿前司，教我繼續留在祈國公府，這幾日我都閒出鳥來了，沈公子這樣機靈的人物，還需要別人保護？誰撞到了他都要自求多福。哎，沈公子，你若是有空，還得去殿前司爲我說個情，否則這樣吊著也不是辦法。」

沈傲朝這幾個禁軍頷首點頭，便道：「指揮使大人我都不認得，又怎麼去說情，只怕要被人打出來。」

一個禁軍哈哈笑道：「沈公子這話太過謙了，我家大人是最講情分的，沈公子上一次在禁宮中的恩情，他現在還記得呢，你若是開口，指揮使大人斷無二話。」

沈傲便滿口答應：「好，若是有機會，就請諸位兄弟引見，不過，能不能說得通，我就不敢保證了。」

鄧龍大喜，對幾個伙伴道：「我就說沈公子是最痛快的。」又向沈傲道：「公子也是來看活神仙的？」

沈傲點頭。

鄧龍便道：「沈公子，這什麼活神仙，多半是哪個潑皮耍弄的把戲，這種熱鬧湊湊也就算了，切莫當真。當年咱們殿前司也有人信這個，說什麼喝了符水刀槍不入，直娘賊的，結果去剿方臘賊，被賊人硬生生地劈成了兩半，那賣符水的賊廝沒被咱們弟兄撞見，若是見了，非給他點顏色看看不可！」

沈傲不禁哈哈地笑了，刀槍不入？這傢伙死得一點都不冤枉呢！就是笨死的！

這時，人群爆發出一陣歡呼聲，幾人便不再閒扯了，去看那廣場正中，被許多信眾拱衛著的天尊仙風道骨，盤膝坐在蓮花墊上，卻是聲色不動，手裏向前一指，道了一聲：「疾！」頓時，那眼前的火盆淡淡的炭火轟地一聲，冒出一團大火。

那火焰五顏六色，濃煙騰騰滾起，眾人再去看那天尊，天尊便瀰漫在煙霧之中，猶如天仙下凡。

眾人轟然叫好，有人已是合掌拜下。見是許多人跪下膜拜，天尊只是淡淡莞爾，不喜不悲，一雙眼眸卻是闔起，口裏喃喃有詞，不再理會外界的舉動。

這一番表現，又增幾分仙風道骨，讓人看得痴了！

這時，只見幾個手腿殘疾之人蜂擁前湧，這幾個人或拄著枴杖，或吊著殘手，一個個欲想衝至天尊身前，卻被外圍的信徒阻住，這些信怒瞪著這幾個人，惡聲惡氣地道：「快快退後，不可衝撞上仙。」

幾個殘疾人等俱都畏畏縮縮，再不敢上前一步，那天尊突然張眸，這時沈傲才看清了他，見其雖年過七旬，卻面露紅光，一身道骨仙風，頭髮花白，一縷青鬚隨風而動，眉宇之間卻透有慈祥之意，讓人一見，便有一股舒服自在之感。

天尊嘴唇微動，聲若洪鐘地道：「不要難爲幾位道友，請他們過來吧。」

幾個信徒紛紛臉色劇變，其中一個竟是淚流滿面，伏身跪在天尊腳下低泣道：「天尊，不可啊，前幾日您爲徽州祈雨已耗盡了仙法，今日若是再動仙法去爲這幾人施術，只怕要耗費天尊數年修爲……」

天尊揮揮手，眼眸卻彷彿衝破了天穹，道：「不必再說了，請人過來。」

外圍的百姓一聽，俱都面帶欽佩之色，方才那弟子道出的一句話，卻是透露出兩個信息，一個是徽州大旱，原來天尊是去祈雨了。其二便是天尊已消耗了法力，還要為人施術，這等心腸，真是感人。

沈傲矗立在人群中，視野很是開闊，前面雖然人多，可是跪下去的不少，他和鄧龍幾人站著，頗有鶴立雞群的味道。

那鄧龍喃喃念叨：「這個什麼天尊倒是心善，莫不是真有仙法？」

沈傲抿嘴一笑，卻是不言，一雙眸子精光閃爍，頗有嘲弄的意味。

那幾個殘障之人聽罷，紛紛湧過去，信徒和弟子也不再阻攔，數人或趴或跪，及至天尊蓮花墊下，紛紛哭訴道：

「請天尊救救小人，若是能恢復健康，小人們願為天尊做牛做馬……」

天尊微微一笑，卻是伸手搭在一人肩上：「你們不必害怕，更不必慌張，上天有好生之德，爾等有疾，吾豈能置之不問？」

眾人都伸長了脖子，要看天尊如何施術，就是那些拜下之人，也都仰如烏龜狀，眼睛一刻也不肯放鬆。

天尊嘆了口氣，又道：「你叫張有德是不是？」

被他按著的殘障百姓抬眸期期艾艾地道：「天尊如何知道小的的賤名？」

天尊微微一笑，高深莫測地道：「爾自幼患有天疾，不過爾一心向善，雖不信神佛，卻能不怨天尤人，擁有一顆善心，已是極難得了。」

張有德哭訴道：「天尊，小的從前不信神佛，今日卻是信了，請天尊相救。」

天尊笑道：「一切孽障，皆由心生，吾何德何能，又如何救你？一切都要靠你自己。」

這一番話，卻是讓人摸不著頭腦，張有德道：「天尊這是何意？」

天尊卻已閉上眼，喃喃有詞，再不理會他。

張有德見天尊如此，又追問一句，同樣得不到回答，這張有德也是個急性子，雖是腿有殘疾，忍不住又去催問幾遍，天尊卻如坐化一般。

張有德頗有怒意道：「天尊救便救，若是不救，卻又為何欺我？」便突地站起來，高聲道：「這天尊是假的，大家莫要信他。」說著便要離去。

頓時眾人嘩然，紛紛現出不解之色，將信將疑。

可是剛剛邁步，張有德的臉色突然一變，又驚又喜地道：

「我……我能走路了。」

他又試著走了幾步，接著開始歡呼，又哭又笑，一下子拜倒在天尊座下，喜極而泣地道：「天尊大恩大德，小人無以爲報……小人該死，竟還敢誹謗您老人家……該死……」

他左右開弓，跪至天尊腳下，竟是往自己的臉頰上搧去。

天尊阻住他：「你無需自責，化人災厄，本就是吾等修道之人責無旁貸之事，快起來吧！」

張有德慚愧地起來，站到一邊。

天尊又如法炮製，都是搭住人的肩膀，與殘障者說幾句話，那人便奇蹟般地好了，斷腿的能走步，斷手的能舉物，這一下，再無人不信，更多人紛紛跪下，漫天的念誦無量聲。

那天尊治好了數人，臉色已有些不虞，幾個弟子紛紛過去伺候，其中一個朗聲道：「天尊施法過多，今日再不能施法了，諸位請回吧。此外，前幾日徽州大旱，災民不知凡幾，我師尊耗費仙力，終於爲微州祈來大雨，只不過受災之人諸多，若有善男善女願解囊相助，自有無量功德，萬般的造化。」

天尊厲聲道：「清虛，你這是什麼話，徽州大旱，自有貧道點石成金，去解救災民，你又如何能向人索要。」

那叫清虛的弟子便道：「師尊，你仙法已耗費一空，若是再去施點金術，只怕……

只怕……」他淚如雨下，嘶聲大哭。

眾人明白了，爲那天尊的品德所感動，紛紛道：「何勞天尊作法，我等各盡氣力，便可籌下善款。」

所有人都呼應起來，有人掏出數十文銅錢，有的拋出碎銀，有人拿出錢引，卻都是慷慨解囊，一點都不吝嗇。

清虛便教信眾們拿銅撥兒去接，不一會功夫，那銅錢便堆積成山，以至於那銅撥兒只能去裝錢引和碎銀了。

沈傲在人群中微微一笑，一旁的鄧龍見此，也頗爲意動，道：「我看這天尊倒不像是假的，公子，我們是不是也該去捐些錢，積攢下功德？」

沈傲淡淡地搖搖頭：「看看再說。」

這等路數的詐術，他是見得多了，說起來，這天尊的手段比之後世那些無良的騙子要厲害得多，沈傲最恨的，不是無良騙子們品德敗壞，而是那些傢伙連點專業素質都沒有，奶奶的，好歹是出來騙錢，身爲一個騙子，總是要對得起自己的職業，一點鑽研精神都沒有，什麼樣低智商的騙術他們都想得出，居然還敢出來混，整個良莠不齊，連帶著沈傲這種走高檔騙子路線的人也都被人誤解。

「哎，當年可是千百粒老鼠屎壞了我這一鍋好粥啊，若是人人都像我如此鑽研騙術，這騙子也不至人人喊打了。」沈傲心裏唏噓一番。

正想著，便聽到那清虛繼續道：

「天一教乃是我家師尊所創，主旨便是奉天保命，只不過我家師尊法力耗盡，卻急需童男童女採補，諸位放心，這童男童女過了數日之後，非但不會有什麼損傷，反而會沾染仙術，延年益壽……」

天尊怒道：「清虛，你胡說什麼？我自可閉關歇養，卻又為何要勞煩旁人？吾等修道之人，豈可祈人施捨？」

眾人明白了，原來天尊身體有損，急需童男童女去幫助治傷，奉上去過幾日就能送回，非但如此，還對童男童女的身體有益！

這天尊不願勞煩別人，寧願自己閉關療傷，於是紛紛唏噓，天尊當真是有功德之人，去為災民祈雨，為殘者治病，自己卻不願為他人增添麻煩。

其中一個員外道：「在下願奉上童女一名，為天尊治傷。」這一句話道出，也有人道：「在下願奉上童男。」在場的，有不少人身家不菲，家中的僕役自是不少，將自己僕役獻出，倒是並沒有什麼難以割捨的，一時踴躍奉獻。

沈傲眸光一閃，臉上閃露出鄙夷之色，他原以為這些人不過是想騙些錢財，想不到還兼做人肉販子。騙財，沈傲可以接受，可是他最恨的，便是那些賣人販，他冷笑一聲，朝鄧龍道：「鄧虞侯，你來。」

鄧龍與沈傲已有幾分默契，附耳過去，道：「沈公子有什麼吩咐？」

沈傲在他耳旁低語一番，道：「鄧虞侯敢不敢和我鬧一場？」

鄧龍頗爲猶豫，眼見沈傲挑釁的眼神，咬咬牙道：「管他是真神仙還是假神仙，鄧某奉陪。」

「好。」

沈傲便排眾往天尊方向衝過去，距離天尊不遠的地方，便被幾個信徒攔住，沈傲對這幾個信徒道：「在下想見天尊一面，不知幾位能否行個方便？」

其中一個信徒道：「天尊病體未癒，不便與人相見。」

沈傲呵呵一笑，道：「在下母親久病榻前，只是想在天尊面前爲母親祈福，若是幾位仙長能通融，我願獻上錢財萬貫、童男童女五十名！」

生怕這幾人不信，繼續道：「我叫蔡行，家住富平坊，幾位仙長，求你們一定通融。」

那幾個信徒對視一眼，卻都滿是震驚，富平坊，姓蔡？富平坊只有一個姓蔡的，可謂天下皆知，除了已致仕的蔡京蔡太師，還能有誰？眼前這個人竟也是姓蔡，莫非……，難怪他眼睛都不眨，就敢捐出萬貫家財、五十個童男童女。

其中一個信徒道：「公子少待，我去問一問。」不敢疑慮，小跑著到那清虛跟前去，附在他耳朵裏低語幾句。

清虛循目望向沈傲這邊來。沈傲修身佇立，臉上如沐春風，膚色白皙，衣飾雖不是十分精美，卻合體得很，完全是一副貴公子的做派。

那清虛微微頷首點頭，信徒又回來對沈傲道：「請公子進去吧，莫要衝撞了天尊。」

沈傲踏步上前，笑吟吟地道：「好說，好說。」

眾人看見一個少年公子躍過信眾組成的人牆靠近天尊，紛紛又屏住呼吸，以爲天尊又要施法，一個個眼睛落過來。

沈傲小跑過去，對著天尊喊：「師兄，師兄，你這是怎麼了?怎的受傷了?哎呀呀，師兄啊，我們一別經年，你還是這樣的菩薩心腸，爲人消災解厄，卻是連自己都不顧了。」

師兄?……

沈傲已是靠近了這天尊，滿是悲戚的扶住天尊的肩膀，唏噓朗聲道：

「想我師兄弟二人，一起在山中學藝，不曾想師兄蒼老至此，連那駐顏還童之術也都生疏了，哎……師兄，你今日又在做法嗎？」

駐顏還童……?!

清虛沒曾想會出現這個變故，就是那天尊也是一時愕然，仙風道骨化爲了一絲憤怒，這憤怒一閃即逝，便聽沈傲繼續道：

「師兄，你的仙法怎麼弱了這麼多，哎呀呀，原來你是受了重傷。」

「蔡公子，你胡說什麼？」清虛踱步過來，滿臉怒容道。

七八個信徒已作勢要撲來，清虛雖是憤怒，心裏卻還存著幾分理智，眼前這人，乃是蔡太師家的公子，這樣的人斷不能用強，真要鬧將起來，不消一刻，整個汴京城的城門便會封閉，隨即禁軍便會出動拿人。

更何況，在這眾目睽睽之下，天一教若是動用武力，難免會對天尊的聲譽帶來影響，眼下唯有見機行事。

沈傲咦了一聲：「蔡公子？什麼蔡公子？你就是師兄經常在信中提及的清虛師侄？」

沈傲笑呵呵地過去，望著清虛憤怒的眼眸，卻是毫無畏懼地道：

「哎呀呀，清虛師侄，你師父一定是沒有向你提及我這個師叔，今日我便告訴你，其實我便是和你師父失散多年，當年一同拜在懸空老祖門下的八戒道長，也即是你的師叔。你莫看我只有這般大，其實本師叔練的乃是還老術，這還老術，師兄可曾教過你嗎？」

沈傲很是滄桑地嘆了口氣：

「遙想三百年前，我和你師父還是小小道童，一起在山上學藝的時候，感情還是極好的，噢，對了，那時候還是前朝玄宗皇帝時期，玄宗皇帝人很好，楊貴妃也很好，他們我都曾見過，貴妃娘娘還曾賞過我荔枝吃呢。」

他一番胡扯，眾人便一陣嘩然，紛紛呵斥道：「胡說八道什麼？天尊不和你計較，快快滾開。」

呵斥他的不但有信眾弟子，更有不少膜拜的百姓。那個治好了腿、活蹦亂跳的張有德更是氣沖沖地道：「小子，你若是再敢胡言亂語，莫怪爺爺給你兩拳。」舉起銅鑼大的拳頭在沈傲面前揚了揚。

沈傲正色道：「你們不信？那好極了。不如這樣，諸位看這炭盆。」

那天尊面前的炭盆火光微弱，炭火將近，只有一片通紅，卻連火苗都不曾躥出。沈傲盤膝坐下，高聲道：「疾！」

那炭盆轟的一聲，竟是如方才天尊一般，只叫了一聲疾字，便躥出一團火焰，同樣是五光十色，好看極了。

露出這一手，百姓們紛紛噤聲，心裏都想，看來這人或許當真是天尊的師弟也不一定，否則又如何也懂得仙法？於是喧鬧呵斥聲壓了下去。

沈傲卻又擺出一個卵石來，莊重地撫摸這卵石，口裏喃喃有詞道：

「點石成金，太上老君急急如律令……」

他的手往這卵石上輕輕一抹，那卵石逐漸開始變化，先是呈現淡金之色，最終變得金燦燦起來，太陽照射下，散發出燦爛光澤。

「看，這是點石成金術！」更多人轟然大叫，卻都是如痴如醉，所有人再無疑惑，眼前這個少年，當真是天尊的師弟八戒了，於是紛紛又是拜倒：

「八戒仙長……」沈傲仙風道骨地道：「客氣，客氣。比起我師兄的仙法來，八戒只不過是班門弄斧，好罷，今日我師兄仙法耗盡，今日這治病救人，便由我來主持。」

他高聲道：「有哪個折腿斷臂的人嗎？要本仙長正骨治病的，就快快上前來。」

到了這個時候，那天尊和清虛卻是不敢再發一言，若是說沈傲這個仙長是假的，那些神通是騙人的把戲，豈不是搬石頭砸自己的腳？不承認這個八戒師弟和師叔，那便是說自己也是騙人的，所以這個時候，非但是天尊有苦自知，卻只能盤膝裝作入定，其餘清虛等弟子，也只能冷眼看著沈傲施展神通。

「來了，來了！」人群中立時便有人大叫，鄧龍領頭，後頭六七個穿著常服的禁軍湧過來，那鄧龍滿臉苦悶道：「大仙救我。」後頭七八人也紛紛道：「大仙救我。」

沈傲雲淡風輕，一臉淡泊狀：「我看兄臺生龍活虎，又未斷臂殘肢，卻不知是來治的什麼病？」

鄧龍很是踟躕，狠狠看了沈傲一眼，心裏在說：「沈公子，你可要說話算數啊，本虞侯丟了臉皮，既是看在你的面上，也是看在錢的面上，可莫教本虞侯失望。」他結結巴巴的道：「我氣力不繼，咳咳……那話兒疲軟。」

沈傲滿是大驚：「施主說什麼，能否大聲說一遍。」

鄧龍雙手一叉，高聲大吼：「稟大仙，小的氣血不暢，而且腎陽虛之，乃是陽痿之症，實不相瞞，小人……小人已經許久沒有碰過女人了，每到夜間便自慚形穢，懊惱萬分，今日得遇大仙，猶如久旱甘霜，望大仙能一展神威，還我雄風。」

這一句話道出，身後的幾個禁軍紛紛竊笑，不過他們是背著人群，除了沈傲和清虛等天一教弟子，卻都是看不見的。

沈傲板著臉，忍俊不禁地望著鄧龍，咳嗽一聲道：

「咳咳……，施主年輕時是否太過放浪形骸，才致如此？」

鄧龍頗有慚愧地道：「是啊，是啊，年輕時確實胡鬧了一些。」

沈傲便道：「施主盤膝坐下吧。」

所有人都翹首相望，想要看看八戒師弟如何施展仙法治病，一時所有人鴉雀無聲，一雙雙眼睛看過來。

鄧龍依言坐下，沈傲盤膝撫著鄧龍的背喃喃念道：

「太上老君急急如律令……」

鄧龍無語，瞪著沈傲，低聲道：「沈公子，爲何你不說內傷，偏要教我說陽痿之症？」

沈傲低聲笑道：「你這是什麼話，我之所以如此說，是因爲這般病症最引人興致和關注。好啦，等下這些百姓贈來的錢財，到時分你一成便是，給我坐定了，不需說話。」

方才那數千信眾慷慨解囊的錢財，竟是堆積如山，就是錢引，大小也有百張之多，還有那碎銀，足以裝半個籮筐，粗略計算，只怕價值不下五千貫，若是能分到一成，卻也足以發家了。

況且還有些闊綽的信眾，一時沒有帶出銀錢來，便拔下耳飾、指環拋出。這些珍物也是價值不菲。鄧龍畢竟是粗漢，臉皮本就有八尺城牆厚，便頓時噤聲，不再抱怨。

沈傲陡然張眸，眼眸中閃過一絲厲色，直視鄧龍：「施主，你硬了嗎？」

鄧龍喃喃道：「硬，硬什麼？」

看客們紛紛伸長脖子，都去看鄧龍的異樣，屏住了呼吸，連汗液都滲出來。

「啊？」鄧龍突然發出一聲驚呼，雙手擎天高呼道：「仙長，我硬了。硬了，當真的硬了，小的感覺體內有熱流四溢，哈哈，小的的雄風尋回來了！」

他站起來，高興得手舞足蹈，這五大六粗的漢子竟是流出了激動的淚水，看得人激動不已。

鄧龍心裏卻是苦笑，大庭廣眾之下做出這等事，確實有點兒有礙觀瞻，就快要表演不下去時，那幾個同來的禁軍伙伴卻都看出了端倪，紛紛湧過來將他圍住，這個在他身畔低聲道：「鄧大哥，弟兄們娶媳婦的本錢全看你這一遭了，你要講義氣啊。」那個低聲道：「鄧大哥，爲了咱們兄弟，就是咬了牙也不能前功盡棄。」

「好，好兄弟！」鄧龍一邊手舞足蹈，一邊低聲叫罵：「果然是好兄弟，爲何你們不來做這久旱逢甘霖的假病人？」

第九五章
東窗事發

後街突然衝出一隊明火執仗的禁軍出來，為首之人騎著快馬，高聲大呼：

「莫要放走了賊人，前面趕車的快快停下，吾等殿前司賬下公幹，要搜查你的糞車。」

天尊、清虛等人俱都大驚失色，心中想：「莫不是已經東窗事發？」

「哈哈哈哈……」鄧龍爽朗大笑，雙手叉腰，雄姿英發，猶如一頭公獅，對沈傲道：「仙長，在下多謝仙長施法之恩。」

沈傲哈哈一笑，冷傲道：「無妨，略施小術罷了。」站起來走到清虛身邊，笑吟吟的道：「清虛師侄，你現在信了我是你的師叔嗎？」

清虛心知遇到了高手，咬了咬唇，心裏不由地想，我若是說不信，此人和天尊施展出來的法術相同，那便是說我們也是騙子，到時這些人發起怒來，將我們扭送到官衙卻是大大不妥。眼前這人莫非是想從我們手裏分一杯羹？哼，也罷，就分一份好處給他們，只要把這場法事做圓，其餘的事待人散了再和他計較。

心裏打定主意，清虛連忙畢恭畢敬地叫了一聲：「八戒師叔！」

沈傲哈哈大笑，拍著清虛的背道：「好，好師侄，本師叔第一次見你很喜歡，這點見面禮，望你收下。」

沈傲掏出一枚銅板來交在他手上，口裏朗聲道：

「師侄，你切莫小看了這一文錢，這是師叔歷經千辛萬苦，嘔了三升鮮血，耗費三十年仙法練就出來的仙寶，仙名『一枚銅錢』，你拿了這銅錢，將來功力一定大進，好啦，你不要謝八戒師叔了，師叔這個人一向很大方的。」

眾人都目瞪口呆地去看那銅錢，想不到一枚銅錢竟有如此神通。

清虛低聲冷哼，接過銅錢，卻不得不道：「師叔恩德，弟子銘記在心。」

沈傲灑脫地扶住他，板著臉道：「你這是什麼話，師叔做好事從來不要回報，就比如這一次徽州大旱，師叔也是憂心如焚，正準備遠赴徽州去救災，想不到在這裏竟遇到了我的師兄，還有你這乖師侄。」

他突然想起了什麼，便又道：「噢，我竟是險些忘了，現在師兄油盡燈枯，還是盡快閉關養傷的好，你們身爲他的徒兒，自該好好的伺候他。至於這徽州救災的事，就交給師叔吧，師叔身爲師兄的好師弟，自是當仁不讓，當之無愧的接下這份重擔，師侄以爲如何？」

清虛眼眸中閃過一絲怒意，沈傲的意思便是說，要將這些信徒捐獻的錢財全部帶走了，這人倒是貪心得很，原本清虛還想分他一成打發他就好，卻沒想到他竟如此貪心。

他正要朗聲拒絕，沈傲對他微微冷笑低聲道：

「你可要想清楚，隨我來的，都是禁軍虞侯，你們在此行騙，我高抬貴手放了你們，就已是天大的恩德，你若是不識趣，莫怪到時禁軍將你們圍了，到時你們便是上天遁地，只怕這牢獄之災也莫要逃脫。」

清虛臉色頓變，去看鄧龍等人，見他們一個個虎背熊腰，手中老繭厚實，倒像是久握刀槍之人，頓時氣勢一弱，心裏不由地想：「難怪此人如此篤定，敢來這裏和我們打擂台，原來是有備而來。」

他左思右想，突然明白，與其全身而退，捨下錢財，總比得過被禁軍捕拿的好，咬了咬牙，高聲道：「好罷，那就麻煩師叔辛苦一趟了。」

「不辛苦，不辛苦……」沈傲笑哈哈的道：「爲徽州災民服務嘛。」

趕廟會的善男善女們紛紛鼓掌，這一對師兄弟當真是救苦救難的活神仙，二人都是法力高強，又都宅心仁厚，拳拳濟世之心，真是前所未見。

沈傲高聲道：「諸位施主，貧道已決心立即趕赴徽州救災，這些銀錢，貧道已代師兄收下，前往徽州發放給災民。」

「八戒仙長功德無量。」眾人紛紛再拜，異常興奮。

沈傲便向鄧龍等人道：「誰願意爲我駕車？」

鄧龍會意，高聲道：「在下深受仙長大恩大德，無以爲報，願當牛做馬，爲仙長駕車趕赴徽州。」

沈傲神采飛揚地道：「還有一件事，貧道卻是忘了。」他抿抿嘴，似笑非笑地高聲道：「我師兄要徵集童男童女……哎，貧道還是直說了吧，雖說這些話說出來有些難堪。」

瞥了臉色如豬肝的清虛和天尊一眼，朗聲道：

「其實徵集這些男女，乃是為了療傷，不過，貧道師兄只是需要湊集三大車童男童女的糞便，將這些糞便洗滌傷口，方能恢復神通。師兄乃是雅人，這些話自是不足為外人道哉，這才隱瞞不說。諸位施主，童男童女便不必奉上了，若是諸施主有心，可立即帶些童男童女的糞便來奉上，這也是功德無量的善事，請諸位施主慷慨解囊！」

他這一番話說完，便打了眼色教鄧龍將銀錢悉數搬到法駕裏去，七八個人手腳並用，忙得不亦樂乎。

鄧龍此刻精神振奮，搬弄著這些錢財眉飛色舞，其餘禁軍也都個個用命，一個銅板也不給天尊和清虛們留下。

善男善女們聽了沈傲一番話這才幡然醒悟，明白原來天尊仙長是因為急需童男童女的糞便，卻又不好對人明言，是以才徵集童男童女。

要糞便還不容易？於是有人紛紛應諾道：「仙長少待，我等立即去取糞便來。」一個個喜滋滋地去尋糞便做功德了。

可憐清虛和天尊二人卻是無力反駁，又不敢輕易離開，四周都被善男善女圍著，哪裏敢輕易動彈。

鄧龍幾個已經裝車完畢，沈傲便向清虛招手：「清虛師侄，這法駕先借我一用，待師叔賑災回來，再奉還法駕。」接著，又向天尊依依作別道：

「師兄，災情甚急，救災如救火，師弟去也，師兄好好養傷，多泡泡糞池浴，待八戒從徽州回來，再與你一敘師兄弟之情。師兄……八戒捨不得你啊。」

說罷，回頭朝鄧龍幾個劈頭蓋臉的低聲道：「還不抬攆快走，再多留一刻就走不脫了。」最後才是流著一行清淚地對天尊道：「師兄，八戒走了，你好好保重身體。」一聲呼喚，不知催下多少熱淚盈眶，那法駕救災正忙，七八個壯漢抬著沈傲和一大筐的金銀銅錢，已是不見了人影，了無蹤跡。

「哎，好一對古道心腸的仙長，好一對情深義重的師兄弟。」眾人心裏唏噓，隨即便有一股惡臭傳來，原來是許多人端著一碗碗糞便來了，無數人皺起了眉頭，可是很快，又有人的眉頭舒展，心裏暗暗道：「這是救治天尊仙長的靈藥，就是臭一些又有何妨？」於是深深一吸，紛紛默念：「好深沉的藥香，功德無量啊。」

法駕過了幾條街，行人漸少，沈傲便叫住一個禁軍道：

「麻煩小哥，能不能幫我回去尋幾個婦人和一個小姐模樣的人到邃雅山房去，就說沈傲請她們去邃雅山房坐一坐。」

那禁軍道：「街上這麼多婦人小姐，只怕尋不到。」

沈傲講明了幾人的特徵，那禁軍才點頭：「美若天仙的小姐，這就好尋了，哥兒天生一對桃花眼，沈公子放心，保準不辱使命。」說著，飛也似的去了。

眾人七手八腳地到了一處無人角落，沈傲叫鄧龍去尋一頂轎子來，待那鄧龍尋來了轎子，便將財物轉移到轎子中去，又將法駕遺棄，改頭換面，往邃雅山房而去。

沈傲笑呵呵從財貨中撿出許多錢引，單這些錢引便有一千七百貫之多，從中抽出一千貫：

「五百貫是給鄧虞侯的，其餘的兄弟俱都得五十貫，多餘的錢，諸位便去殿前司，請上在那兒公幹的兄弟一起吃喝玩樂一陣，就說是沈傲敬仰他們已久，一直未能與他們一敘，請他們喝些水酒，聊表心意。」

鄧虞侯接過了錢引，揣入懷中，臉上卻是樂開了花，他這一輩子也沒有見過這麼多錢，這一趟當真是發財了，拍著胸脯道：「沈公子講義氣，弟兄們佩服的緊，往後有什麼用得上殿前司諸位兄弟的地方，沈公子一句話，我們赴湯蹈火。」

其餘幾個禁軍虞侯也紛紛道：「鄧虞侯說的是，以後有用得上的地方，沈公子一句吩咐。」

人人得了五十貫，已是一筆極大的數目了，更何況鄧虞侯那邊得了一大筆錢，還可叫他開銷請客，這一年半載好酒好肉，再置辦一點兒家業也是不愁的。

沈傲哈哈笑道：「客氣，客氣，大家都是好兄弟，客氣的話就不用再說了，諸位都痴長我幾歲，沈某人便叫你們一聲兄長了。」他話音一轉，又道：「不過，這轎中剩餘的銀錢，卻是令人爲難，不知該是如何處置？」

鄧龍大大咧咧地道：「這有何難？沈公子拿去用便是，反正這等事，天知地知你知我知，沒有人說出去的。」

沈傲搖頭，板著臉道：「鄧虞侯，我這個人很正直的，你可不要帶壞了我。」

鄧龍咕噥道：「這世上還有比你更壞的人？壞人見了你都要叫祖師爺了。」

沈傲無語，卻是一門心思的想著主意，不知不覺地到了邃雅山房，這一干人見不得光，自是從後門進去，恰好遇到春兒，春兒驚喜的道：「沈大哥！」

沈傲噓了一聲，堵住她的櫻唇，卻又發現好像有點兒孟浪，連忙收回手，倒是叫後頭的鄧龍幾個嘻嘻哈哈的竊笑一番。

沈傲道：「春兒，三兒在哪裏？我先上去，你待會叫三兒一起到樓上的廂房去。鄧虞侯，你和幾個兄弟一起將東西搬上去。」

到了廂房，財物都搬進去，春兒、吳三兒俱都來了，原本寬闊的廂房，這麼多人便顯得有些擁擠起來，吳三兒見了這麼多散碎銀子、銅錢，一時呆了呆：

「沈大哥，這是哪裏來的？」

在這裏的都是信得過的人，沈傲哈哈笑道：「這是我師兄送我的，好了，不說這個，我有事要吩咐你。」

吳三兒坐下，春兒去給沈傲斟了一壺茶來，沈傲道：

「從明日起，這些錢拿去買些糧食，我們的幾個店門都設一個粥棚開始施粥，先讓《邃雅周刊》登出消息去，要大張旗鼓，這城裏的窮人和流民只要願意，一日三餐都可分出一碗去，直到這些錢統統用光爲止。」

吳三兒點了點頭，將沈傲的話記下，心裏卻在想，沈大哥這樣的財迷，今日卻怎麼如此大方了。

須知沈傲的性子便是如此，該是他的錢，一個子兒也不願意落出去，可是不該他得的，他也絕不覬覦，像這種捐贈的錢物拿去私用，這種事他是做不出的。

不過，由邃雅山房施粥也有一個好處，一方面，這些錢總算是落到了實處，另一方面又能增加邃雅山房的影響力，順道提高知名度。

沈傲想了想，卻又覺得似乎有些不妥，如此大張旗鼓的施捨，必然會引起全城轟動，邃雅山房畢竟只是商家，商家樂善好施自是好事，可是朝廷會怎麼想？

沈傲想起了他一個本家、明初的沈萬三，大明皇帝要建城牆，這位老兄上躥下跳，也想做做善事，還想順道拍點馬屁，響應朱元璋的號召，於是捐助築都城三分之一的錢財，還請求朱元璋允許他拿錢出來犒勞軍隊。結果如何？結果這位本家卻落了個流放殺頭，萬貫的家財一掃而空！

雖說施粥不比犒勞軍士，當今的皇帝也不見得有那朱元璋心狠手辣，可是這也算是前車之鑑，一旦朝廷認爲你沽名釣譽，想籠絡人心，沈傲到哪裏說理去，冤啊！

「不行，不能這麼大張旗鼓，得另想辦法。」

沈傲陷入踟躕，片刻之後，眼眸一亮：「有了。」

沈傲笑道：「施粥的事不要拉下，《邃雅周刊》那邊要這樣寫，就說當今天子聖明，勤政愛民，不忍京中有流民失卻生計，因而召見楊戩楊公公問計。楊公公亦是樂善之人，親自往城中暗訪，方知我大宋雖處盛世，卻不免仍有一些貧民居無定所，食不果腹。因而與邃雅山房諸位東家相商，邃雅山房願獻上銀錢兩千貫，楊公公亦拿出俸祿，會同陛下在宮中節餘下來的錢物一道兒湊齊銀錢萬貫，在汴京城中施捨粥米……」

沈傲一口氣將這樂善好施的名聲推到了趙佶和楊戩身上。往皇上推有兩個好處，一個好處是能小小拍一下馬屁，其二便是朝廷就算知道了此事，也絕不會干預。

至於楊戩，也有兩個好處，一是報答楊戩待沈傲的好處，二是有楊戩在宮裏頭爲自己說話，就是有人想惡意中傷自己，也有楊戩在裏頭撐著。

如此處置，邃雅山房的善名雖然減少了幾分，卻是最爲穩妥。

吳三兒將沈傲的話記下，連連點頭，道：「周刊的事，我會交代人辦好，一定寫得花團錦簇一些，不會出紕漏的。」

沈傲頷首點頭，目光又落在鄧龍身上，笑呵呵地道：「鄧虞侯，有件事要勞煩你去辦一辦。」

鄧龍拍著胸脯道：「沈公子但說無妨。」

沈傲無比正直道：「相傳城中有賊人以運輸糞便爲由，偷運贓物出城，身爲殿前司禁軍虞侯，鄧虞侯該當如何？」

鄧龍會意，挺胸收腹：「朝廷自有綱紀，殿前司負責汴京城衛戍城防，天子腳下，是斷不能有匪人滋事的，既是接到舉報，自然要立即帶人前去盤查一番。」

這個鄧虞侯很上道，沈傲心裏竊喜，和這種聰明人說話一點都不費勁，正氣凜然地道：「那便是了，可若是那些匪人見到禁軍搜查便四散奔逃，又該怎麼辦？」

鄧龍怒道：「那他們一定有不軌企圖，我看他們極有可能與方臘有干係，不管他們是不是私藏了贓物，都要帶回殿前司去，先打幾十軍棍，再送交大理寺處置。」

「好，好一個忠誠、剛正不阿、鐵面無私、一身正氣的鄧虞侯，學生佩服之至。」惺惺相惜一番，鄧虞侯對身後的幾個伙伴道：「弟兄們，隨我去營裏尋人，一道兒去捉拿私藏贓物的匪人去。」

目送走這幾個虎背熊腰的殿前司禁軍，沈傲慢吞吞地喝了口茶，臉上笑容不散，對吳三兒和春兒道：「今日有人要倒霉了。」

「倒霉？」二人不約而同地念道。

沈傲只是微微一笑，心中在想，那些混賬騙人錢財還可以原諒，詐錢，好歹也是一門手藝，沈傲從前也是騙子，能夠理解騙子背後的心酸，可是以騙人的手段去販賣孩童，已是觸犯了騙子的底線，這種事，不可原諒。

廟會裏，數十輛糞車停在了天一教諸人身前，眼中望著周遭無數虔誠的百姓，天尊與清虛的臉色顯得有些難看，可是他們心裏皆是明白，眾目睽睽之下，這些糞車是斷不能丟棄的。

天尊臉色鐵青，這一次不是裝出來的油盡燈枯，乾癟的嘴唇氣得發抖，努力的在幾個伙伴的攙扶下站起來，叫來清虛惡狠狠地道：

「查，一定要查出方才那是何人！他不會是什麼蔡公子，看他的手段，該當是行裏高手，這個仇，一定要報。」

清虛懊惱地道：「是，大哥，不過，眼下我們還是盡早脫身才是。」

天尊望著那近前的糞車，惡臭撲鼻，一時忍不住有嘔吐的衝動，卻不得不作出一副風輕雲淡的氣派而不好掩鼻避臭，冷聲道：「走，將這些糞車也一併拉走，先出城去，等到了城外再將它們拋了。」

清虛點頭，便教伙伴們推著糞車，攙扶著天尊，灰溜溜地向城外去。不少虔誠的百姓在後尾隨，卻是令天尊等人叫苦不迭，這些人追到哪裏，糞車就絕不能拋棄，否則教人看破，這齣戲就演不下去了。

沿途也有一些不明就裏的百姓，見有人運糞車而過，自是罵罵咧咧，叫罵不絕。天尊心裏苦笑，自己行騙十年，從來未失手過，今日卻馬失前蹄，非但錢財、孩童兩空，還帶著十數輛糞車招搖過市，真是顏面盡失。

眼看城門樓子近在眼前，後街突然衝出一隊明火執仗的禁軍出來，爲首之人騎著快馬，高聲大呼：「莫要放走了賊人，就在那裏，前面趕車的快快停下，吾等殿前司賬下公幹，要搜查你的糞車。」

天尊、清虛等人俱都大驚失色，心中不禁地想：「莫不是已經東窗事發？」這一想，便是駭然，須知招搖撞騙倒是沒有什麼，可是打著賑濟的旗號行騙卻是死罪，天尊來不及多想，大呼一聲：「快逃。」

這一聲落下，天一教上下人等紛紛棄車四散奔走，誰知這四處的街道都已圍住了，一隊隊禁軍從街頭巷尾如天兵而降，將天一教人等盡皆圍住。

幾十個天一教徒以爲必死，膽子大些的從腰間抽出匕首、小刀出來相抗，可是又哪裏是禁軍的對手，只須臾片刻，數十人悉數被拿了個乾淨。

這一次出來捉捕人犯的，乃是殿前司都虞侯，因聽了幾個虞侯的報信，便帶人前來搜查私藏贓物的事。這本是件小案，都虞侯看的全是鄧龍諸人的面子上才親自出馬，可是這時見這些人竟是舉刀相抗，心中便是大喜，對身後的鄧龍等人道：

「如此看來，這夥人只怕不是小賊，私藏利器，抵抗官軍，這樣大的膽子，只怕與反賊有關。」

鄧龍心裏竊笑，臉上卻是無比正直道：「大人，我們不可冤枉好人。謀反這樣的大事，還需好好審問才是，證據確鑿，才可讓他們伏法。」

都虞侯笑著道：「你說得對，來人，將人犯全部押到殿前司衙門去，連夜審問。」

數十個天一教教徒進了殿前司衙門，拷問了一夜，這些兵油子審案自比不得差役，卻也有自己的一套本事，先是數十棍殺威棒，隨即便問：

「快說，你們和方臘賊有什麼干係？」

「大人冤枉啊，小人不過是一夥騙子，詐些錢財，販賣些人口，和反賊斷沒有干係。」

都虞侯不高興了，自己帶著營軍傾巢而出，抓到的怎麼只會是一夥小賊？冷哼一聲，臉色鐵青的拍案而起，拂袖而去。

殿前司的幾個衙役見都虞侯大人發怒，心裏頓時會意。

「好大的膽子，竟還敢狡辯，若不是反賊，禁軍只去查驗你們的糞車，你們若不是做賊心虛，卻又爲何要逃？嘿嘿……我們已經搜檢過那糞車，這糞車中並沒有違禁贓物，既是沒有贓物，逃也就罷了，爲何還有人舉刀相抗？不說？再打。」

折騰了一夜，幾十個天一教教徒總算是招供了，說是爲首之人乃叫張超，張超便是天尊，此人與被剿的方臘賊有關，自己等人不過是受他裹挾，這姓張的，便是最大的反賊。

連夜寫了口供，畫押完畢，一樁驚天大案便水落石出，立即呈報大理寺不提。

邃雅山房。唐夫人會同眾婦人、唐茉兒被人請來，方才沈傲的胡鬧，自是被她們看見，驚得目瞪口呆，一時無語。

沈傲向唐夫人說清了原委，唐夫人訝然：「那天尊當真是假神仙？這，這怎麼可能！他會點石成金，會治病驅邪，這總不是假的。」

沈傲哈哈笑道：「夫人莫要忘了，學生不也會這些嗎？」

唐茉兒眼眸中閃過一絲笑意，她本就不信神佛，眼見那天尊招搖撞騙，心中頗爲惱恨，想不到沈傲卻是挺身而出，令她意外中不禁生出敬佩之意，便問：

「是啊，沈公子卻是如何學會這些術法的？」

沈傲道：「簡單得很，那天尊身上帶著許多工具，我碰了那天尊一下，便將他的工具囊給取了來。」

沈傲突然從身上取出一個小包，包中俱都是零碎的小物件，有藥粉，有硝石，還有金塊，眼花撩亂。

須知沈傲乃是大盜，不動聲色地偷取幾樣東西，還不是玩一樣？沈傲將硝石捧起，道：「這硝石遇火即燃，會生出濃煙和瞬間大火，天尊手指著炭盆道了一聲疾，便趁著所有人將注意力集中在他的指尖的時候，另一隻手卻以極快的速度將這硝石往炭盆裏一拋，那炭盆中冒出濃煙的效果便出來了。」

隨即又拿出一些藥粉：「你們看，這藥粉能讓石頭改變顏色，這就是點石成金術，他先是放置一塊石頭，隨即手上沾了藥粉去摸石頭，先讓石頭顏色漸變，讓人以爲那石頭正在逐漸變爲金塊，等到了最後……」

沈傲取出金塊道：「便將早已藏在袖子裏的金塊與石塊置換，如此一來，不就是點石成金了嗎？」

「還有那治病的把戲更有意思，那些殘障之人，大多都是他們的同伙，他叫一聲要看病的過來，同夥們便擠過去，先是一瘸一拐，隨即再活蹦亂跳，自然所有人都誤以爲這些同夥的病是那天尊治好的。」

唐茉兒卻是個聰明人，道：「可是若真有病人去看病呢？」

沈傲哈哈笑道：「這就是他們高明的地方，其實說高明，也不高明。你們想想看，當時那天尊話音剛落，是不是許多人便開始往天尊那裏擠？而天尊外圍拱衛的信徒也都是他的同夥，假病人自是相互認識，但凡有生面孔要擠過去，便會被信徒們攔住，不知道的人還以爲天尊生怕看病的人太多，其實真正能去看病的，都是張有德那樣的同夥罷了。」

唐茉兒恍然大悟，失笑道：「這樣的小把戲，竟是把天下人都騙了。」

唐夫人滿是慚愧地道：「老身還真道他是神仙，誰知竟是個騙子。」

沈傲笑了笑，心裏不由地想，騙術淵源流傳已有數千年之久，有人的地方就有欺詐謊言，真正能識破騙術的又有幾個？有的時候雖然是一些十分簡單的小把戲，只要運用得當，一樣可以發揮很大的效果。

第九六章
百花妒

整株牡丹在這花圃之中矗立，將周邊的花兒都映襯得黯然失色了。

花圃中的花，自都是名貴的品種，可是與這株牡丹相比，頓時相形見絀。

「這……這是……」沈傲一時茫然，喃喃道：「是傳說中的百花妒？」

過了棧橋，萬歲山的腰腹便開闊起來，沿路的白玉欄桿。鵝卵鋪就的石路，霧氣在山腰升騰，在這山腰的石路上行走便如騰空而起一般，不遠處的涼亭清晰可見，楊戩心中一喜，加快碎步，低聲呼喚道：

「陛下，陛下……」

七八個內侍拱衛在側，趙佶吹著茶沫，坐在涼亭下望著山下出神，春雨濛濛，似是沒有盡頭，帶來幾分颯爽，他今日穿著件尋常的圓領錦衫，一柄漢白玉製成的紙扇隨意放在案前，一雙眼眸似是穿透了雲霧，往那金碧輝煌的禁宮深苑望去。

回過神來，才發現楊戩不知什麼時候到了身旁，趙佶微微一笑道：「你這麼興沖沖地來，莫不是有什麼喜事？」

楊戩嘿嘿一笑道：「陛下是最知道奴才的，奴才有什麼心思都瞞不住您。」他頓了一頓，繼續喜滋滋地道：「請陛下過目，這是最新一期的《邃雅周刊》。」

說罷，楊戩捧出一方捲成桶狀的報紙來，小心翼翼地鋪在趙佶的案前。

趙佶哂然一笑，帶著幾分興致的意味道：「一份周刊也能教你高興成這樣，你不妨直接告訴朕吧。」

楊戩笑呵呵地道：「那沈傲又有新消息了，說是官家體恤民間疾苦，教邃雅山房施捨粥水，要教百姓們都感念陛下的恩德呢。」

趙佶噢了一聲，便去看周刊，許久才將周刊放下，眼裏添了幾分疑惑，看著楊戩道：「朕問過你汴京流民的事？」

楊戩呵呵笑道：「回稟陛下，並沒有。」

趙佶狐疑道：「這是怎麼回事？」

楊戩道：「陛下難道還不知道？這個沈傲是想做善事，卻又不願留名，因而便將它歸功到陛下頭上來了。」

趙佶的眼睛換上幾分睿智之色，帶著讓人難以捉摸的笑意道：

「依朕看，他的心思並不是這樣簡單！」

接著，趙佶微微地嘆了口氣，又道：「殿試的結果已經揭曉了，沈傲連續考中了四場中兩場的頭名，這個人當真是古怪得很，一個少年，卻為何是事事皆通，什麼事都有他的份似的？楊戩，朕問你，你曾聽說過如此有才名的少年嗎？」

楊戩深思了一下，搖了搖頭道：「除了這位沈公子，古往今來，只怕再沒有人有如此才名了。不過，官家卻也不差，吹彈、書畫、聲歌、詞賦無不精擅，古往今來的天子之中，陛下是最厲害的。」

趙佶顯然讓楊戩的話哄得高興了，哈哈一笑，擺著手道：「你莫忘了朕還會蹴鞠！」

楊戩訕笑，神情卻是十分的認真：「對，還有蹴鞠，官家的腳力除了高太尉，無人可擋。」

趙佶緩緩地收起了笑意，換上正色道：「好啦，奉承的話就不必再說了，朕倒是聽說蔡太師與那個沈傲不和，是嗎？」

粉戩左右張望，低聲道：「這件事，只怕還和陛下有些關係呢！」

趙佶抬了抬眼，問道：「這又是爲了什麼？」

楊戩微微一笑，提醒趙佶道：「陛下莫非忘了，上一次在邃雅山房，那個叫蔡行的書生，便是蔡太師的孫子，蔡行不知天高地厚，與陛下發生了口角，是沈傲挺身而出，羞辱蔡行一番，自此之後，沈傲與蔡家便不睦了。」

趙佶深以爲然地點點頭：「朕竟是忘了，說起來，這還真是朕的不是了，找個機會，朕來做個和事佬吧。蔡太師的品行還是極好的，就比如這一次，他作爲書試的主考，就不計前嫌，仍是讓沈傲做了頭名。」

楊戩笑呵呵地道：「蔡太師的品行自是沒得說。」

望著那霧雨，趙佶起身伸了個懶腰，心情愉悅地道：「殿試的事，你要過問一下，今次的殿試一定很精彩，朕要好好地看看這一齣好戲。」

再過一日便是殿試，沈傲很是清閒自在，玩鬧了兩天也沒有收下心來。這一日清早起來，門人送來請柬，說是石夫人有請。

石夫人？衛郡公的夫人？

沈傲望著燙金的名帖，卻是苦笑，這位石夫人一直在惦記著給他介紹老婆的事，這一次相請，莫非是有了合適的人選？

這位石夫人有請，沈傲不想去也得去，只好叫馬房準備了車，獨身一人前去拜望。馬車駛到景城坊衛郡公的府邸，郡公府除正門外，東西各有兩轅供車夫出入，這車夫乃是周府的駕手，經常駕車帶著周正來石府的，因而輕車熟路，徑從西轅門進去，駛過長百米的石路，在一處垂花門樓前停下。

沈傲下了車，便有石府的主事過來相迎，微笑中帶著恭謹地看著沈傲道：

「尊下便是沈公子吧？沈公子請，夫人已等候多時了。」

沈傲便問：「不知石夫人叫學生來有什麼事？噢，差點忘了，還未請教兄臺大名。」

主事笑呵呵地道：「沈公子客氣，鄙人姓鄧，你叫我鄧主事便是了。這件事，我們一邊走一邊說吧！」

他的臉色頗有些焦急，嚇得沈傲再不好追問，加緊了腳步。

這一路上，鄧主事絮絮叨叨地將事情說出來，原來是晉王妃來訪，與石夫人閒聊幾句，便唏噓說晉王府後園裏的花兒不知是染了什麼病，竟是枯黃了一片，自是黯然傷神，六神無主。

石夫人古道熱腸，便說既然花匠尋不出病根，不如去叫沈傲來，又說了沈傲千般的好處，少不得還說了幾句沈傲無所不能的話，譬如吟詩作畫，譬如治病救人，這些事，多半是周夫人向石夫人提及的，石夫人轉述給晉王妃，晉王妃心裏焦急，便覺得讓沈傲試一試也好，因此心急火燎地請人來了。

沈傲聽罷，腳步不由地放慢，心裏在苦笑，石夫人所說的那個沈傲是自己嗎？怎麼聽著倒像是超人一樣。

哎，樹大招風啊！可是事已至此，他就算想逃也逃不過了，心裏唏噓一番，跟著鄧主事過了垂花儀門。

只見眼簾中，庭院幽深，四周栽種著梅樹和細竹，一座翹角飛檐的三層閣樓座北朝南，巍峨俊美的矗立在花叢綠樹之中。

「沈公子，到了，我這便進去稟報。」鄧主事匆匆進去，過了一會兒，便又出來道：「沈公子請。」

步入閣樓，樓內的裝飾並不精美，原本似這等閨閣重地，尋常的客人是很難進入的，便是周正來了，也必須有郡公陪同，不過，沈傲在石夫人眼裏只算是小輩，小輩的規矩多，但是有時候束縛也少。

這小廳裏幽靜雅致，只見石夫人陪著一個雍容婦人坐著說話，這婦人約莫三十餘歲，皮膚白皙，穿著錦簇的大紅禮服，盈盈而坐，自有一番端莊，抬眸見了沈傲，便問道：

「他便是沈公子？」

沈傲小步過去，道：「回稟王妃娘娘，學生便是沈傲。」

石夫人笑道：「你這麼多禮做什麼？來，快拿一個錦墩來請沈公子坐。」

晉王妃搖頭道：「還是先別坐了，時間耽擱不起呢！還是請沈公子到王府去看看我的花兒吧。」

石夫人掩嘴笑道：「沈傲，你不要見怪，這位是晉王妃，是最愛植養花草的，那些花兒便是她的命根子，眼下，她的後園裏許多花兒都枯黃了，她也是心裏著急，因而才會如此。」

說著，又想起了一件趣事，道：「上一次清河郡主拔了後園的玫瑰花，就因爲這個，王妃還傷心了好幾天呢。」

玫瑰？清河郡主？我的媽呀！沈傲慚愧地垂首，心裏默念，阿彌陀佛，這不正是自己造的孽嗎？幸好小郡主還是很講義氣的，沒有將自己招供出去。

晉王妃頷首點頭道：「是啊，沈公子，方才是我太匆忙了一些，早就聽說沈傲非但書讀得好，還精通各種雜學，便想教沈公子去看看我那花兒到底得的是什麼病，爲何轉眼之間便俱都枯黃了。」

沈傲有苦難言，只好硬著頭皮道：「王妃娘娘不必客氣，既是如此，學生便去看看吧，只是學生雖略懂一些擺弄花草的雜學，但是能否成功，學生也不好保證。」

他的腦海裏亂哄哄的，極力地回憶過往一些花草的知識。

身爲藝術大盜，若是不懂花草，那是騙人的，只不過，他所懂的也只限於一些名貴的花兒，其他的就一概不知了；因此，心裏很是沒有底氣。只不過人家既已求上門來，不管事成與否，他也要去試一試！

晉王妃已經站了起來，道：「石夫人也一道兒去府上坐坐，我們這便走。」

還未在石府落腳，便又要去晉王府，沈傲哭笑不得，心裏又對這晉王頗有些期待，晉王乃是神宗之孫，儀王趙偉的次子，又是徽宗趙佶的嫡親胞弟，原本被封爲和國公，後來趙佶即位，便將其晉爲晉王。

須知這王位之間也是有高低之分的，在宋朝，最爲親近的宗室，一般是敕爲晉王、齊王、楚王；而地位低一些的宗室，則大多是趙王、越王、吳王。若是地位再次一些，王位就大多有些生僻，什麼穆王、豫王、成王、惠王之類；再遠一些的宗室，就只能封爲國公、郡公、縣公了。

沈傲也是來了這個時代，又生活在國公府，才知道這些宗室裏的八卦。

晉王，這已是位極人臣的最高爵位了，雖說在朝中的影響力不大，卻屬於宗室之首，往往是大宗正司的掌權者。所謂大宗正司，便是獨立於朝廷之外，專門用於約束宗室的機構，此外，還有協助宮中主持祭天、祭祖之類的職責。

沈傲可絕不敢小看這個機構，誰能掌握它，就等於是整個宗室王族的首領，難怪上一次清河郡主來尋自己，那王銷敢得罪祈國公、衛郡公，卻偏偏不敢在趙紫蘅面前放肆，這位小郡主的爹可執掌著整個王族的發言權啊。

試想一下，若是晉王不高興了，帶著一群王族宗室們一哭二鬧三上吊，要請皇帝處置王銷，王銷雖貴爲少宰，皇帝爲了息事寧人，就是要保全他，最終也不得不將他貶官流放。

這就是王族的威力，雖說有宋一代，王族雖然一直躲在暗處，並不如歷代那樣囂張跋扈，權傾一時，卻也是一支不容忽視的力量。

馬車跟著晉王妃的車輦到了王府前停下，這王府，沈傲是來過一趟的，隨那小郡主來看鶴，其實王妃他也曾有一面之緣，只不過，這時候王妃只怕早已忘了那後園裏的一瞥。

沈傲下了車，隨王妃進了王府，王府的佔地極廣，若說衛郡公和祈國公府的建築大多以別致爲主，那這晉王府就是大張大闔，雍容之中帶有不容侵犯的莊肅，巍峨的殿宇閣樓坐落在鬱鬱蔥蔥之中，四處都是雕梁畫棟的迴廊環繞，猶如一座迷宮。

晉王妃心裏惦記著後園的花草，因而馬不停蹄，一路走到後庭。沈傲隨她穿過一個月洞，眼前豁然開朗，在他的腳下，無數蔓藤、鮮花鋪地，夾雜著春風蕩漾著清香，再遠處，便是一處假石小亭，那亭子上亦結滿了碧綠的蔓藤，蔓藤上生出許多黃色小花，在清風中徐徐搖曳。

「大手筆！」沈傲心裏情不自禁地讚了一句，如此大片的花圃，他還真是第一次見到，腳下的花，有認識的，有不認識的，竟不知有多少個品種。

「不過，現在倒是爲難了，這麼多花，倒是不知哪些得了病？怕就怕那些得病的花，自己連見都未見過，如果是這樣，這人就丟大了。」

沈傲想著想著，眉頭也不由地皺了起來。

晉王妃在前駐腳，對沈傲招手道：「沈公子，隨我來。」

「還有花圃？」沈傲心裏的震撼更是難以掩飾，這一大片的花圃已讓他開了眼界，若是裏頭還有一個花圃，沈傲真不知該用什麼樣的心情去形容了。

隨著晉王妃再往裏走，前方有一處綠藤結起的竹籬笆，晉王妃加快了步子，打開籬笆門，對身後的沈傲道：「沈公子請看。」

沈傲走入籬笆之中，只見是一個隔離開的小型花圃，排水溝錯綜複雜，土地肥沃，一堆堆小壟土上，各種花兒爭相鬥艷，炫得沈傲的眼睛都花了。

沈傲一時目不暇接，一雙眼睛，卻很快地落在花圃中央的一支鮮艷的牡丹身上，這株牡丹，枝條細窄，直立向上，株叢高大，花心逐漸向外散開，層層重瓣拱衛著花心上的一點嫣紅，花瓣呈淡紅色，陽光一照，卻又彷彿漸漸轉爲深紅。

整株牡丹在這花圃之中矗立，將周邊的花兒都映襯得黯然失色了。花圃中的花，自都是名貴的品種，可是與這株牡丹相比，頓時相形見絀。

「這……這是……」沈傲一時茫然，喃喃道：「是傳說中的百花妒？」

萬花之中，牡丹最艷，而牡丹中的王者，便非百花妒莫屬了。關於這些，沈傲也只是從曾經所閱的一些古籍中隱約得到。關於這種花，還有一個傳說，說是某年牡丹仙子傳令要在洛陽北邙山舉行爲期七天的牡丹賽花會。號令一下，天下牡丹雲集古都，名花薈萃，熱鬧非凡。

牡丹仙子邀請玉皇大帝的女兒百花公主監賽。參加評選的有花王「姚黃」、花后「魏紫」、花狀元「洛陽紅」等。當花王宣布「賽花開始」的刹那間，眾牡丹綻苞怒放，異彩紛呈，整個鄧山繁花似錦，萬紫千紅。

時過一周，評選結果揭曉，在參加的近百種牡丹中，來自洛陽境內壽安山的「壽安紅」以開候準、花量多、花色艷、姿態美、花時長五項皆優，奪得了花中魁首；來自太白山的「太真晚妝」名列第二，萬花山的「延州紅」居第三。

眾花對一向不出名的「壽安紅」奪魁，十分驚奇和羨慕，甚至有些嫉妒，後來有人就把「壽安紅」改名爲「百花妒」。

只不過百花妒雖然易於存活，卻不知什麼原因，自唐之後，便逐漸消失絕跡，就是在後世，也是彌足珍貴，有價無市。

它最大的特點便在於有肥碩的花朵，柔嫩的枝條，無論盛妝還是醉態，都同樣光艷照人，且能獨立風雨，不需護扶，如此名花，沈傲今日得遇，自是心動不已，一雙眼眸直勾勾地望著這株牡丹花兒，如痴如醉。

「若是這裏有紙筆，我一定將它畫下來，這樣美好的花兒卻不能將它永遠留住，真是遺憾。」沈傲心裏吁了口氣，終是定住了心神，這才發現這株名貴牡丹的花瓣背部竟生著黃褐色小斑點，斑外黃暈寬大，莖葉上，也現出不少黑色痕跡。

「果然是病了！」沈傲嘆了口氣，眼前的名貴牡丹卻如一名病態叢生的傾國佳人，在春風中微微搖曳，令人情不自禁地生出疼惜之情。

晉王妃淚光點點地移步過來，對沈傲道：「沈公子也識得這花是百花妒？能叫出它名字的，還真是少見。沈公子如此博學，想必已尋到這些花的病根了！」

沈傲呵呵一笑：「治花如治人，都是快不得的，我需再看看。王妃還是和石夫人先到廳中去坐坐，待我想出了對策，再向你報喜。」

晉王妃只道沈傲有什麼拿手絕活不願示之於人，嫣然一笑，道：「好吧，麻煩沈公子了。」說罷，便與石夫人一道款款地走了。

沈傲目送王妃和石夫人離開，便凝神去看那花瓣背部的黃斑，一絲不苟地又去檢查牡丹的莖葉，時而趴在泥地上，時而蹲地而起，時而去檢查花下的培土，專心致志，一絲也不敢馬虎。

他突然凝眉喃喃道：「這病症倒像是後世常見的一種花症，何以王妃這樣的養花痴人卻是看不出?莫不是這種病在這個時代還是疑難雜症?」

沈傲想了想，愈發證實了自己的想法，就好像肺結核，在相當一段時間內，是人類束手無策的絕症，可是隨著醫學的發展，治癒已是越來越輕易。眼下這花症，在後世雖然診治起來稀鬆平常，可是在這個時代卻極有可能令人束手無策。

雖是這樣想，卻還需再仔細觀察，否則一旦誤診，這臉可就丟大了。

沈傲的臉皮厚，自是沒有什麼干係，可是自己是石夫人舉薦的，到時候石夫人只怕也不好在王妃面前做人了，而自己的千般手段，又是國公夫人說給石夫人聽的，這七彎八繞，便事關國公夫人的信譽了，夫人待他如親兒子那般好，他不能教人說國公夫人的閒話！

沈傲定住心神，又去細心觀察，便聽到身後一人高聲大喝：

「你是誰？」

沈傲向後瞥了一眼，看到一個花匠扛著花鋤徐徐過來，這人穿著一件尋常的衣衫，腳步不快，一張白皙的臉上略帶焦急。望向自己的眼眸帶有警惕的意味。

沈傲呵呵一笑，不緊不慢的道：「你又是誰？」

花匠一時愣住了，我是誰？這句話本是問你的才是，這小子又把皮球踢回來了！花匠勃然大怒道：「好大的膽子，在府中當差，竟連我都不認識？你……你……」

花匠也氣得放下花鋤和灑水桶子，手指著沈傲說不出話來，卻又是想起了什麼，怒道：「這花圃是禁止外人進入的，你怎麼進來的？好啊，我知道了，你是採花賊，來……來人啊，快來捉賊。」

「採花賊？」沈傲一時愣住了，不由苦笑，本公子如此風流倜儻，被人採還差不多！想著便衝過去一把捂住花匠的嘴巴：「喂，喂，別喊，我是王妃請來給花兒看病的！」

「唔唔唔……」這花匠莫看人高馬大，氣力卻是小得很，又驚又恐地望著沈傲，但又掙扎不脫，等沈傲將手放開，他喘著粗氣，瞪著沈傲道：

「你說什麼？王妃叫你這毛頭小子來給花兒看病？」

沈傲一點也不謙虛，道：「是啊，我名聲太大，王妃便將我請來了。」

花匠冷哼一聲，道：「胡說八道，你一個毛頭小子，卻又有什麼名聲，快走，快走。」

沈傲心裏明白了，這花匠是把自己當作同行了，同行見同行，兩眼淚汪汪，這淚自然不是激動的淚水，是老拳打出來的淚。

沈傲嘻嘻笑道：「我馬上便走，不過，得先將這花症給治了再說。」

花匠冷笑一聲：「這花症連我都看不出名堂，你會知道？」

沈傲不去理會他，摸了摸地上的培土，道：「這土太濕潤了，這兩日又是淫雨霏霏，難怪花兒要生病。」

花匠不屑地看著沈傲，道：「我只聽說過雨水澆灌花草，卻從未聽說過下雨會令花兒生病的。」

「那是你孤陋寡聞！」沈傲毫不客氣地回頂一句。

「你……」花匠吹鬍子瞪眼，卻是一時拿沈傲沒有辦法，況且看沈傲篤定的模樣，似乎對治這花症成竹在胸，心中有些好奇，想看看沈傲到底如何施展手段。

沈傲道：「這是褐斑病，是對花草危害最大的癥狀，我問你，這花兒發病初期時，是不是花瓣生出黃褐色或鐵銹色、針頭狀小的斑點？」

花匠咦了一聲，驚訝地道：「你是如何知道的？」

沈傲只是微笑，答非所問地繼續道：

「眼下這牡丹花兒病害已發展到成圓形的病斑，若是再不及時救治，多則三五日，少則一日，這花兒定要枯萎了。」

花匠吸了口涼氣，很是不捨地道：「這是天下最名貴的牡丹花，乃是官家從皇家內苑裏挪出來賜給王妃的，若是枯萎了，當真可惜。」

沈傲道：「要它不枯萎，唯有一個辦法！」沈傲看著花匠說道，眼眸突然一亮，驚喜地道：「咦，你帶了花鋤來？好極了，你快挖一條排水溝，沿著這花的根莖外沿挖。」

花匠怒道：「我只聽說過養花要挖引水溝，從未聽過說還有挖排水溝的，花兒失了水，如何能活？」

沈傲差點翻白眼，道：「你挖不挖？」

花匠抱手冷看沈傲，道：「你不說個理由出來，我當然不挖。」

沈傲只好說出原因：「春季多雨水，這花兒之所以得病，便是因爲雨水太過充沛，原本天上已是雨水不斷，只怕你這花匠還給它澆了不少的水吧，如此一來，雨水太多，培土便生出了細蟲，花兒不生病，那才怪了。」

花匠愕然道：「細蟲？細蟲在哪兒？」

沈傲所說的細蟲，其實便是病菌，只不過這病菌如何能和古人去解釋，苦笑地看著花匠道：

「這種細蟲肉眼是看不到的，反正我們現在要做的，便是挖出一個排水溝，盡量保持培土乾燥就是。你若是不挖，這花兒枯萎了可怪不得我。」

花匠見他言之鑿鑿，沉吟片刻，咬牙道：「好，我挖。」

他提起花鋤，小心翼翼地沿著花莖的外沿慢慢地刨出一條條小引水渠來，這人做起事來倒是很認真細心，足足用了小半個時辰，才挖出三個小渠，擦了額頭上的汗，抬眸問：「這樣就能將花兒救活？」

沈傲搖了搖頭：「不行，若是今日下了雨，就是挖了排水渠也於事無補，必須尋些東西來爲它擋雨，可是若擋住了雨，卻又會將陽光一起擋住，這花兒現在急需曬曬太陽，我們得想個辦法，既讓它能遮風避雨，卻又讓它能夠吸取陽光。」

花匠吹鬍子瞪眼道：「挖了引水渠，還要如何？」

沈傲笑道：「得給這花兒建一座房子，給它避雨。」

給花兒避雨？花匠頓時愣住了，彷彿聽到了世上最好笑的事，大笑道：「給花兒建房子！你是不是瘋了?!」

沈傲鎮靜地道：「我沒有瘋，雨水太多，只會讓細蟲繁殖更快，所以要保持花兒根莖的乾燥，爲防不測，必須給它建個遮風避雨的東西。」他沉吟道：「只可惜沒有透明的材料，既可遮擋雨水，又可以給花兒吸取陽光，若是避雨的棚子擋住了陽光，這花兒也很難痊癒。」

若是在後世，只需建立一個大棚，用透明的膠布將花兒圍起來即可，可是在這個時代，到哪裏去找透明的塑膠布去?沈傲一時爲難，陷入思索。

花匠咕噥道：「你這小賊，我一看你就不像是好人，竟是聽信了你的胡說八道，哼，若是這花兒枯萎，我絕不和你干休。」

「住嘴!」沈傲被打斷思緒，大喝一聲。

花匠嚇了一跳，臉色慘白道：「你好大的膽子。」一下子又變得怯弱起來，抵著嘴，臉色蒼白如紙。

沈傲臉色又溫和起來：「你不要打斷我的思路，讓我想想。」

他沉吟片刻，蹲在地上，撿了樹枝挖了培土出來，猶如搭積木一般揉捏出各種造型，卻最終將這些方案一個個否決。花匠見他極認真的樣子，那畏色逐漸消失，也蹲在地上，看他如何想辦法。

「有了。」沈傲站起來，道：「快，給我拿氈布和木料來。」

「你爲何不去拿？」花匠略有不滿地道。

沈傲笑嘻嘻地道：「我是客，你是主嘛，快點，否則一旦入夜，濕氣太重的話，這花兒便必死無疑了。」

花匠聽罷，看了一眼那朵嬌艷的牡丹花，像是下了很大的決心似的皺了一下眉頭，然後立即拋下花鋤，轉身去尋原料，過不多時，就搬著許多木料和氈布過來，動作倒是挺快。

看著這些材料，沈傲眼睛都直了，撿起一方木料，道：「拿這個來給花兒做棚子？」

花匠怒道：「莫非做不得？」

「做得，做得的。」沈傲大汗，這木料乃是上好的紫檀木，只這一小塊，其價錢便已不菲了，這花匠也不知從哪裏尋來的，浪費啊。

浪費也浪費不到沈傲頭上，沈傲又叫花匠拿了錘子、鉚釘，開始動手修築起來。整個棚子東西通風，只有頂部和南北向用厚實的氈布遮擋，如此一來，遮風避雨不成問題，又可保持一定的通風。

沈傲對花匠道：「再去尋幾面銅鏡來。」

「銅鏡？」花匠一頭霧水：「又要銅鏡做什麼？」

沈傲道：「快去，時間快來不及了。」

花匠咬了咬牙，幽幽地念了一句：「裝神弄鬼。」又去尋銅鏡去了。

等四五面銅鏡尋來，沈傲將它們分別放置在籬笆的各個角落，不斷地調試著位置，花匠好奇地問道：「你在做什麼？」

沈傲道：「你看，花兒被頂部的氈布遮擋，雖然可以避雨，但是見不到陽光，要想讓它受陽光照射，就必須另尋他法，這幾面銅鏡分別對著花兒，恰可以從東西通風的地方折射陽光到花上，如此一來，豈不是既可避雨又可以遮擋陽光？」

花匠恍然大悟，終於明白了沈傲的匠心，情不自禁地道：

「這個辦法好，不說花兒是否能痊癒，只這個花棚的設置便已是獨具匠心了，可惜……」

「可惜什麼？」沈傲見他一臉遺憾的樣子，疑惑地問道。

花匠一副懊惱不已的樣子，悶聲說道：「為何我偏偏沒有想到這種辦法！」

沈傲哂然一笑：「你若是想到了，就該去做木匠了。」

花匠無語，恰在這時，卻是晉王妃盈盈而來，遠遠便呼道：

「沈公子！」

花匠臉上掠過一絲喜色，連忙抓起一方銅鏡，滿是正經地在籬笆上比劃，調整位置。

好無恥啊！沈傲心裏大為鄙視，方才沒見他比劃，此刻見到晉王妃來了，他倒是如此賣力，生怕晉王妃看不到嗎？

第九七章
潛規則

悉心打扮是參加殿試的一條潛規則。

須知這是面聖，對於皇帝來說，學問固然重要，

可是考生若是長得歪瓜裂棗，或者過於邋遢，皇帝心中對考生的評價自然低了幾分，

所謂人不可貌相，偏偏皇帝老兒最愛的便是以貌取人。

晉王妃進了籬笆門，先是向沈傲問道：「沈公子看出病因了嗎？」正是這時，眼睛才注意到花匠，一時愕然，驚訝地道：「王爺！」

「噢，是愛妃啊！」花匠鼻尖上滲出汗珠，卻是專心致志地繼續調校銅鏡。

王爺？沈傲打量了那花匠一眼，他就是晉王？

再看他一副裝模作樣的神態，便忍不住生笑，在他的想像中，晉王應當是一個極有威儀、端莊萬方的人，可是眼前這晉王怎麼是這副德行？

晉王妃走至晉王身邊，溫柔體貼地道：「王爺辛苦了。」

晉王嘆氣道：「愛妃心愛的百花妒生了病，本王夙夜難寐，辛苦一些又算得了什麼。王妃少待，待本王忙完眼下的事再和你說話。」

晉王妃道：「王爺這是在做什麼？」

晉王眉飛色舞地道：「這叫遮雨不遮陽，愛妃你看，那花棚恰好遮住了頂部和南北向，遮風避雨不無問題，可是若陽光照下來，卻是連太陽也遮住了。本王便想了一個辦法……」

晉王變得憂鬱起來：「其實這個辦法也不算本王一人的主意，這位沈公子也是出了力的，愛妃看到這些銅鏡嗎？我們將銅鏡放置在距離花棚數丈左右的位置，鏡面對住牡丹，如此一來，陽光折射，那光線便可射到花上，這不正是遮雨不遮陽嗎？」

晉王妃踟躕道：「要這遮雨不遮陽做什麼？」

晉王放下銅鏡，一手握住晉王妃的柔荑，眸中睿智光芒閃爍，認真地解釋起來：「愛妃有所不知，本王努力觀測，發現這花兒之所以染病，極有可能是培土過於濕潤所致，關於這一點，沈公子也看出來了，所以，要想將這花兒治好，非要保持土質的乾燥不可。」

晉王妃便笑：「只怕是沈公子看出來的吧。」

晉王很是尷尬，硬著頭皮道：「他比我早看出來一步。」

沈傲在一旁更是尷尬，這一對夫妻卿卿我我，將自己當作透明人啊！而且，這位晉王的臉皮也真夠厚的，竟是睜著眼睛說瞎話，什麼功勞都往自己身上去攬，夠無恥了！

原來晉王竟是這樣一個人，沈傲大跌眼鏡，卻只能在心裏苦笑。

待一切擺弄完畢，沈傲道：「王妃，這花兒能不能存活就看今夜了，若是今夜無礙，這黃斑過幾日便會消散。」

晉王妃面露喜色，心情開朗地道：「沈公子忙了這麼久，請去廳中喝幾口茶水罷。」

沈傲頷首點頭，那晉王卻是氣呼呼地道：「王妃，方才這個沈傲實在無禮太甚，竟是對本王大呼小叫，這茶不給他喝。」

沈傲瞪著他，這樣的王爺他反倒是不怕了，晉王在他眼裏，倒是頗像個孩子，喜歡撒一些小謊，喜歡告狀，還特別記仇。

沈傲用著無所謂的語調道：「王爺既然不願請學生喝茶，那麼學生這便走了。」

「快走，快走。」晉王巴不得沈傲走得越遠越好。

晉王妃抿著嘴笑道：「沈公子，王爺只是和你開玩笑罷了，你……」

晉王打斷王妃的話道：「本王沒有開玩笑。」

晉王妃不去理會，繼續道：「沈公子是座上賓，喝幾口茶水是應當的，來，隨我去廳堂。」

沈傲苦笑，望了晉王一眼道：「還是算了吧，學生下次再吃王妃的茶不遲。」

晉王像是故意跟沈傲作對似的，吹著鬍子道：「愛妃請你坐，你便去坐，這麼囉嗦做什麼。」

一番客氣，沈傲終是被拉到王府的正廳坐下。

王妃畢竟是女眷，說了幾句話，又說石夫人方才家中有事，已是先走了，叫沈傲有空去石府走動，接著便對晉王道：「王爺，你好好招待沈公子，莫要待慢了，我先回後園去看看那花兒。」

晉王很乖巧地點頭道：「王妃放心，本王一定好好招待他，本王很好客的。」

王妃恬然一笑，徐徐去了。

沈傲低著頭，裝作喝茶，廳堂裏的氣氛很尷尬，那王爺一雙眼睛不懷好意地盯著他，更是令他渾身不舒服。

堂堂晉王，卻是這個樣子，沈傲心中一轉，卻是在想，這個王爺，會不會是故意裝成這副模樣的？須知歷史上這樣胡鬧逍遙的王爺不少，尤其是一些近支的宗室，爲了表現出自己對權位毫無野心，這樣做倒是無可厚非。

「你便是沈傲？」晉王沉著臉問。

沈傲頷首點頭：「是。」

晉王冷笑一聲道：「本王聽說過你，你會作詩，會行書作畫，還會斷玉，想不到還會種花。」

沈傲很謙虛地道：「種花？學生一點都不會的，偶爾治治病，倒是還略懂一些。」

晉王怒道：「你方才衝撞到了本王，本王很生氣，本王決定，要向皇上參你一本，要彈劾你不敬宗室。」

不敬宗室！好大的帽子啊！

誰知晉王話音剛落，又道：「不過，本王念你年幼無知，便給你一個將功贖罪的機會。」

先抑後揚，這個晉王不傻啊！沈傲呵呵一笑，道：「王爺請說。」

晉王眼眸中精光閃閃，盯住沈傲道：「你會蹴鞠嗎？」

蹴鞠？足球！沈傲想了想，連忙搖頭道：「不會，更何況，學生是國子監監生，要讀書的。」

沈傲立即明白了晉王的心思，這傢伙是想拉自己入伙去踢足球。自己給人的形象過於完美，以至於這晉王以爲自己樣樣精通。

自來了這個時代，沈傲所接觸的人中，喜好蹴鞠的人就不少，據說上至當今皇帝，下至街坊裏的平民，都能拿個皮球踢個幾腳。官僚貴族之間喜愛踢球的更是數不勝數，有些人本身愛踢球，有些人愛看踢球，據說趙佶就是個蹴鞠迷。

除此之外，不管是官方還是民間，都有不少的蹴鞠團體，沈傲多有耳聞。

晉王聽沈傲說自己不會蹴鞠，冷哼一聲道：「那就送客，沈公子快走，本王就不留你了。」

說翻臉就翻臉，好現實！沈傲也不喜歡拿自己的熱臉去貼人家的冷屁股，便站起來道：「王爺，下次再來拜謁。」

這是一句客氣話，沈傲可沒興致和一個瘋瘋癲癲的傢伙繼續胡說八道，拂袖便走。

剛剛出了王府，便聽到整個王府喧嘩起來，有人飛快追來：

「沈公子……沈公子留步。」

沈傲正要上車，回頭一看來人，應該是王府的下人，便問：

「不知王爺還有什麼吩咐？」

這人氣喘吁吁地道：「不，不是王爺，是王妃，王妃請公子稍待片刻，眼下王妃已經趕來了。」

等了片刻，果真見王妃在一群人的簇擁下快步過來，臉上生出些許的紅暈，帶著嬌媚的笑容看著沈傲道：「沈公子，花兒病症好轉了。」

這麼快？沈傲自已都有些不敢相信，他不過是給培土除去了些濕氣而已，原本以爲要看到效果至少也需等待幾天，便問道：「黃斑去了嗎？」

王妃欣喜地道：「好轉一些了，看來沈公子的辦法當真有效，沈公子不必急著走，便在王府留飯，我要好好謝謝你。」

沈傲露出一絲苦笑：「還是算了，王爺的性子，學生不敢招惹，還是下次來拜謁吧。」

「本王性子怎麼了？好啊，你竟敢背地中傷本王，真是豈有此理，豈有此理。」

晉王不知從哪裏鑽出來，怒氣沖沖地瞪著沈傲。

沈傲抿抿嘴，笑而不答。

王妃微笑著道：「王爺只是愛說笑罷了，你是小輩，莫非他還會留難你不成？他的氣量沒有這麼狹隘，沈公子不要介懷。」

晉王被王妃這麼一哄，臉色青白地道：

「我哪有留難他，我是長輩，留難他做什麼？」

沈傲不由高看了這溫文爾雅的王妃一眼，道：

「王妃既如此說，學生只好失禮了。」

又重新回廳中落座，王妃此刻對沈傲多了幾分信服，便不斷地問一些關於養花種草的注意事項。沈傲憑著記憶說了一些，有些是古已有之的辦法，有一些卻是後世積累的經驗，王妃邊聽邊點頭：

「沈公子，許多培土的辦法，我卻是聞所未聞，真是令人大開眼界。」

晉王聽罷，在一旁氣得臉色發青，似有妒意，可是當著王妃的面，卻是發作不得。總算尋了個王妃親自去廚房吩咐備酒菜的空子，對沈傲嘲弄地道：

「堂堂男子漢卻不會蹴鞠，只會種花種草，哼……」

說著，晉王故意將臉別到一邊，捏著鬍鬚，顯出滿臉的不屑。

沈傲只是微微一笑，知道這晉王只是想激怒自己，心裏便在想：那清河郡主的脾氣倒和這王爺有些相像，只是不知她今日又去哪裏瘋了，自己來此還沒有見到過她的人影呢！

晉王見沈傲對他剛剛所說的話無動於衷，又忍不住地道：

「沈傲，你當真不會蹴鞠？本王實話和你說了吧，再過一個月便是蹴鞠大賽，本王的蹴鞠隊實力堪稱汴京一絕，很有希望爭取頭名的，不過嘛，本王的一個鞠客如今受了傷，只怕參加不了這比賽了，若是你有興致，或許我們可以合作一番。」

晉王的眼眸中帶著希冀，其實他已不止一次聽人提及過沈傲，都說他是個全才，晉王心中便想，既是全才，那也應該會蹴鞠啊，方才沈傲治花的本事，他是親眼所見的，一個大男人，連養花的技藝都如此精湛，沒理由不會蹴鞠吧！

晉王本就是個頑童心思，見沈傲一副愛理不理他的模樣，心裏便癢癢的，尋常人見了他，都恨不得擠出所有笑容，逢迎討好自不必說，遇到這麼個小輩，算是遇到了他的剋星，令他不知該採取什麼手段來令沈傲屈服。

來硬的是不行了，不說自己的愛妃護著他，再說，他還是祈國公的親戚，不管怎麼說也是個晚輩，又治好了百花妒，恩將仇報會被人不恥的！

想著，晉王便努力地擠出真誠的笑容，很是和顏地道：

「沈傲啊，你放心，若是本王贏了蹴鞠賽，自然少不了你的好處，你便是要天上的星星，本王也幫你摘下來。」

沈傲一陣噁心，王爺對王妃說肉麻話習慣了，竟然將這種掉人雞皮疙瘩的話用在自己身上，連忙正色道：「王爺，學生是真的不會蹴鞠，不過嘛……」

沈傲眸光一閃：「學生倒對蹴鞠的布陣方法略知一二。」

蹴鞠的布陣，其實就和後世足球的教練鑽研戰術一樣，沈傲曾經參與過幾次賭假球的詐騙，因而對足球的布置有一些了解，或許能在蹴鞠對戰中發揮一些效用。

「布陣？」晉王略帶遺憾：「本王已有教頭了……」他想了想卻又道：「好，本王看你骨格清奇，資質不凡，想必對蹴鞠布陣之道一定頗具潛力。不如這樣吧，我便教你做副教頭，如何？」

沈傲喝了口茶，從容不迫地道：「這件事晚些再說吧！明日便是殿試，等過了殿試，學生再考慮王爺的建議。」

沈傲越是顯得平淡，晉王心裏越是癢癢的，連花兒的不治之症到了沈傲手裏也能妙手回春，心中更相信沈傲是個全才，若有了沈傲在旁點撥，或許奪冠的希望就更大了！

晉王正色道：「還有什麼好疑慮的？你做了副教頭，本王每月給你百貫月錢如何？」

沈傲笑著搖頭道：「王爺，這不是錢的事，學生是讀書人啊。」

晉王大義凜然地道：「讀書人又如何？讀書人就不踢蹴鞠嗎？就比如本王，也是讀書萬卷的，還不是一樣要踢蹴鞠？」

沈傲在心裏忍不住地暗道：「就你還讀書萬卷，呸！」他是見慣了晉王吹牛的伎倆，當然不信他胡扯。

晉王見他不信，又笑道：「沈傲，我們有話可以好好說的，這樣吧，副教頭的差事，我便當你答應下來了。若是你要讀書，本王也不攔你，待你什麼時候有了空暇，再來指點鞠客演練如何？」

話說到這個份上，沈傲只好點頭道：「好，等明日殿試結束，我便來王爺這點卯，只是不知王爺的蹴鞠隊叫什麼名字？」

晉王大喜，自豪地道：「叫神風社，沈傲，本王的蹴鞠隊名字如何？」

神風？沈傲連忙搖頭說道：「這個名字不好，晦氣。」

晉王愕然地看著沈傲，道：「神風蹴鞠社名震汴京，卻又如何不好了？」

晉王的話，能相信三分就已經不錯了，還名震汴京，沈傲對蹴鞠社也略有耳聞，只知道汴京四大蹴鞠社分別是齊雲、萬勝、圓社、千禧四社，至於什麼神風，卻是聞所未聞。

見沈傲似笑非笑的看著自己，晉王的氣息頓時弱了三分，道：

「本王也覺得這名字是有些不好，難怪最近幾場蹴鞠賽都輸了，你既然是才子，那麼便爲本王的蹴鞠社取一個響亮的社名如何？」

沈傲想了想，一拍大腿：「有了。」

晉王興致勃勃地道：「你說！」

沈傲神采飛揚地道：「不如叫邃雅社，哈哈，這名兒好吧？」

「是啊，是啊，好極了！好極了！」晉王鼓掌，卻是對著沈傲冷笑道：「沈傲果真是大才啊！靈機一動，就想了個和你的茶肆一樣的名字，拿本王的蹴鞠社去爲你的茶肆打響名號……」

他越說，臉色就越難看：「什麼邃雅！那是娘們取的名字，我們堂堂八尺男兒，豈能用女人的名字去做蹴鞠社的社名？沈傲，你好滑頭啊，本王若是笨點，就真要上你的當了。」

「什麼是娘們取的名字？」正是這個時候，晉王妃款款進來，漫不經心地問道。

「啊？愛妃……」晉王的氣勢又弱了下來，踟躕道：「不，不是娘們，愛妃，本王說的不是你，對，對了，本王的意思是，愛妃不是娘們……咦，又不對，不是娘們莫非是男兒？愛妃……」他臉現苦瓜狀，百口莫辯，眼神很憂鬱，試圖用這憂鬱蒙混過關。

晉王妃忍不住笑了，道：「依我看，邃雅社這個名兒好，我很喜歡。」

晉王立馬拍案而起，悲憤地道：「愛妃說得不錯，本王深以爲然，邃雅這名兒正切合本王的心意。從即日起，神風社便改名爲邃雅社了。」

沈傲不忘在一旁落井下石道：「王爺的眼光果然非同凡響，學生佩服，既然是邃雅社，學生還想了一個主意，王爺應該縫製社服，讓蹴鞠場上的健兒們披著我們邃雅社的戰袍上賽場，這才是威風凜凜。」

晉王道：「什麼是社服？」

沈傲道：「這件事就交給學生去辦，這社服便由邃雅山房獨家贊助吧！」

他腦海中浮現了一個場景，在綠茵場上，一個個虎背熊腰的鞠客在萬眾矚目中露出矯健的身姿，漆黑的隊服後，卻是這麼幾行大字：「邃雅山房好啊，真的好！」「邃雅周刊，享受每一個星期。」「邃雅詩冊，讀書人都選它！」

汗！不知道晉王看到這個會不會暴走？沈傲想著便在心裏竊笑！

二人商議已定，倒是顯得比方才熱絡多了，晉王吐沫橫飛地吹噓他的蹴鞠社如何英勇善戰，又如何擊敗葫蘆坊蹴鞠社、安民巷蹴鞠社等汴京強隊。

沈傲一聽這葫蘆坊和安民巷，便知道那種蹴鞠社一定是下九流的貨色，說穿了，便是後世的街道足球隊罷了，一棒子愛好者臨時組織，專門供人虐待尋找虛榮心的；不過沈傲沒有當場點破，只是笑呵呵地聽晉王如何說他帶領蹴鞠隊轉戰南北，心裏情不自禁地可惜，晉王不去邃雅周刊裏編故事，還真是可惜了！

晉王妃在一旁提醒道：「王爺，時候不早了，該請沈公子赴宴了。」

「嗯，好。」晉王意猶未盡地舔了舔唇，一下把住沈傲的手臂，笑呵呵地道：「沈傲啊！你我一見如故，少不得本王要和你好好喝上幾杯了。請！」

沈傲連忙擺手：「學生明日還要殿試，不勝酒力，這酒還是留待邃雅社奪魁之後再吃吧。」

最終沈傲還是扛不住晉王的熱情，在王府中喝了不少酒，略帶醉意地登上馬車，隨著馬車徐徐回國公府去。

夜風正涼，吹起窗簾拂在沈傲的臉上，沈傲打了個酒嗝，望著窗外徐徐後退的市井夜景，心裏吁了口氣。

明天就是殿試，沈傲心中隱隱有些期待，他費勁了萬般的努力，在明日便要決出自己的命運，從此之後，他在這個世界總算有了基礎，穿了那緋服，佩戴了那魚袋，這些旁人難以企及的事，如今卻都要落在自己身上。

次日清晨，寅時三刻，天還未亮，沈傲便被人推醒，迷濛地叫人掌了燈，屋內瞬間亮堂起來，沈傲張眸。

來人竟是劉文。劉文亦是沒有睡好，惺忪地道：「表少爺。禮部送來了緋服、魚袋，請表少爺沐浴更衣，立即進宮。」

沈傲猛地醒悟，霎時精神抖擻起來，頷首點頭道：「這麼早？天還未亮呢！」

沈傲雖是這樣說，卻是不敢耽誤，心裏期盼這一刻已久，可是這一刻真來了，心裏又有些忐忑，他定了定神對自己說：沈傲！你是誰！你是世上最厲害的藝術大盜，古往今來，無人可以和你比肩。小小一個殿試，有什麼可怕的？

這一問，心裏便慢慢鎮定下來，先去沐浴一番。浴房那邊，劉文已教人放了水，泡在浴桶裏，感受著那熱水帶來的舒適，沈傲的百骸都要酥醉起來，換上禮部送來的緋服，那絲綢的華潤之感帶來些許冰涼，對著銅鏡整著衣冠，感覺渾身上下增添了幾分貴氣。

只不過這緋服有些大，拿腰帶束了腰，才顯得身子修長了一些。

其實沈傲穿的還不算是緋服，緋服只有四五品的官員才有穿戴的資格，禮部送來的只是八九品官員的碧色公服，不過坊間一般如此稱呼，因而所有的公服都被叫做緋服了。

至於魚袋，其實也是暫時借用的銀魚袋，按朝廷的禮制，魚袋只有四五品的官員才允許佩戴，是出入禁宮的信物，這一次要參加殿試，需出入禁宮，是以才臨時發下來，等殿試完畢，朝廷授予官職後，還要將這銀魚袋上繳。

洗浴之後裝飾一新，沈傲的臉色也比從前端莊了幾分，人靠衣裝，更何況沈傲自身的相貌不差。這一番打扮，更添幾分俊秀。

悉心打扮，實在是不得已的苦衷，或者說，這是參加殿試的一條潛規則。須知這是面聖，關係著每個考生的終生，而對於皇帝來說，學問固然重要，可是考生若是長得歪瓜裂棗，或者過於邋遢，皇帝心中對考生的評價自然低了幾分。

所謂人不可貌相，偏偏皇帝老兒最愛的便是以貌取人，你能奈何？

歷來那些相貌奇醜的考生，若是在排列名次和授官的節骨眼上馬失前蹄，也只能嗚呼哀哉，只怪爹娘不給力了。

走出浴室，天穹處的月兒還未落下，月朗星稀，靜籟無聲。唯有劉文帶著車夫、門丁幾個提著燈籠在外頭等候。

「表少爺穿上了緋服，真是光彩照人。」見到沈傲出來，劉文忍不住發自內心地讚嘆一句，將手中的燈籠垂低。爲沈傲照路。

沈傲微微一笑：「劉主事客氣。」

那一邊長廊燈籠隱約移近，便聽到碎步的細微聲徐徐而來，來人是周若。周若顯是一夜未睡，眼眸下留著一道黑影，在黯淡的光線下若隱若現。她盈盈地走到沈傲的跟前，低聲道：

「表哥，母親問你是否準備要啓程了？」

沈傲對著周若問道：「怎麼？姨母起得這麼早？」

周若抬眸，望著穿著緋服的沈傲修長俊秀的模樣，臉頰不自覺地生出些許緋紅，道：「母親一夜未睡，在佛堂裏爲你祈福呢。」

沈傲心中不由地生出感動之情，眼眸中有晶亮的東西閃爍，卻是笑了笑道：

「教姨母擔心了。進了宮，我一定取個狀元回來給姨母看。表妹……」

「嗯……」周若的聲音低若蚊吟，微微垂頭道：「表哥就不要再耽擱了，這等事宜早不宜遲，切莫錯過了時辰。」

沈傲深望她一眼，頷首點頭道：「對，現在不是兒女情長的時候，表妹也早些睡吧。」

沈傲突然覺得自己挺沒心肝的，昨夜睡得死沉，卻不知這周府之中，有不少人爲了他夙夜難寐，心裏酸酸的，想說些什麼，又覺得如鯁在喉，將手握成拳頭，心裏對自己說：「沈傲，你要記住今日，記住這黯淡無光的黎明，永遠都要記住！」

他咬了咬唇，扭身隨著劉文點出的光亮徐步離開，漸漸消失在黑夜中。

周若嘆了口氣望著那背影漸漸出了神，美眸之中似有淚光流轉，今日的表哥，和從前似乎不同，更動人的心弦。

第九八章
感覺很重要

沈傲抬眸，朝趙佶微微頷首道：

「陛下，微臣作畫講的是一個感覺，有了感覺，才能作出好畫來。」

感覺？趙佶心裏不禁失笑，身為畫派宗師，沈傲所說的感覺，他又何嘗沒有體會。

只不過，畫梅也需要感覺嗎？

蒔花館！

琴聲漸濃，卻是一夜不散，這琴聲似是能纏住春風，能繫住明月，能挽下流水，能留住星辰。從那靈巧纖長又柔軟的十指指尖絲絲縷縷地傾瀉出來，將人帶入一片奇妙的幻境。那個幻境有山水萬物，有天地乾坤，有緋惻的深情……

窗格推開，伴著夜色，身後是黯淡燭光搖曳，蓁蓁身上素白長裙，更顯得朦朧美好，嬌玉的膚色與空明高懸的圓月遙相呼應，相交生輝。月光輕柔地撫著蓁蓁似水的長髮，清輝似乎凝固在她的髮梢，只要她肩一動，頭髮就如深潭一般漾起層層波光。

琴是好琴，光潔透亮的深棕琴身，琴頭鑲著純淨的青玉，琴尾垂著一條豔紅的垂纓，琴身上刻著幾叢水仙圖案，典雅高貴，如一件仙物。鬱鬱蔥蔥的倩指輕輕撥動琴弦，對月相奏。

身後的環兒已是昏昏欲睡。待蓁蓁奏完一曲，低聲喚道：「小姐！寅時就要過了。」

蓁蓁幽幽地應了一聲，而後低聲道：「再讓奴家彈奏一曲，就當是為沈君送行，願他一鳴驚人，高中榜首。」

她的手指輕輕撫弄，這首曲兒卻是再熟悉不過，正是那首沈傲所作的《羅江怨》。即將臨行的丈夫已背上了遠行的包袱，妻子溫柔的跪在他的腳下，去捋平他的衣衫，口裏叮嚀著，郎君你幾時回來？若是遇到橋梁，切記下了雕鞍。過渡時，一定不要和人爭搶……

一曲終罷，長嘆一聲，月光下的美人兒眼眸一閃，淚光點點中思緒飛揚。

「小姐……」環兒見狀，忍不住埋怨道：「小姐一宿未睡，誰知那狠心人是否還惦記著你，他當真中了狀元，自有無數大家閨秀投懷送抱，就怕到時，他已將你忘了。」

蓁蓁眼眸黯然，手指扣住琴弦，咬唇不語。

環兒又道：「否則他爲何還不來爲小姐贖身，我聽人說，沈傲已佔了蒔花館一半的股份……」

蓁蓁打斷環兒道：「沈郎曾說，將來一定要用八抬大轎將我抬到他的府邸，從中門進去。環兒，你不必說了！知我者，莫過於沈郎！他知道我的心意，所以才不肯草草將我接出蒔花館。」

「可是……」環兒眼眸中閃露出黯然，八抬大轎，直入中門？以小姐的身分，可能嗎？

車馬到了正德門，沈傲下了車，又一次來到這深紅宮牆之下，此時已有不少身穿緋服，佩戴銀魚符的官員直入宮禁。身爲考生，沈傲與不少碧衣公服的人一樣，還需在這裏等候，等中旨傳出，方可進入。

他呵了口氣，口中吐出霧氣，雖已開春，可是天氣還是有些冷意，三三兩兩等候著殿試的考生，零散的站在宮牆之下等候著激動人心的時刻，都是面帶些許激動。

鮮衣怒馬，錦衣玉食，修身治國，指點江山。跨入了正德門，進入了講武殿，排定了名次，授予了官職，再之後，那些夢寐以求的一切，都可實現。

每個人都抿著嘴，沉默不語，無人去與人攀談，那些思緒，早已飛離了身體，穿透宮牆。

「沈大哥，沈大哥……」薄霧之中，兩個倩影遠遠小跑過來。

沈傲回眸，眼眸一亮，驚喜地叫道：「春兒，茉兒……」他小跑著迎過去，打破了這宮牆外的靜寂。

春兒一手提著食盒，一手牽著唐茉兒，氣喘吁吁地過來，小臉紅撲撲的，站定道：「沈大哥，我聽人說，要參加殿試，寅時便要起來在宮裏等候，我怕你餓了，便和茉兒姐姐做了些糕點，教你填了肚子。」

食盒捧過來，沈傲去接，觸摸到了那冰冷的手，心裏又是一動，看了看春兒，又去看凍僵了臉的唐茉兒，壓抑住心底的溫暖，道：

「你們……你們真是太傻了，我一路坐車過來，在車裏便吃了早點的，春兒，這一定是你的主意，是不是?哎!」

邃雅山房施粥，一時忙不過來，唐茉兒本就在家中閒得緊，便覺得這施粥既是善舉，因而徵得了唐嚴的同意，去了邃雅山房幫忙。她比春兒痴長幾歲，又端莊大方，很快便和春兒熟絡了，漸漸地，自是無話不談。

二人清早來送食盒。既是春兒的主意，又何嘗不是唐茉兒的心思。唐茉兒迎上沈傲炙熱的眸光，故意將俏臉別到一邊，低聲道：

「沈公子，這些糕點是春兒親自烹飪的，你若是肚子還餓，便再吃一些吧。」春兒扭捏道：「茉兒姐姐也是幫忙開了火的，應當是我們一起做的才是。」

沈傲回過神，會意一笑，清澈的眼眸中帶著感激和萬般的情意，連忙點頭道：「是啊，我又餓了，方才沒有吃飽，幸好春兒和茉兒送來了吃食，否則等到殿試時肚中空空，那就糟糕極了。」

說罷，揭開食盒，捏著糕點出來狼吞虎咽，吃得津津有味。

「好吃!好吃極了……」沈傲一邊大口咀嚼，拼命地往口中塞著糕點，含糊不清地朝二人笑。

鐘鼓樓裏鐘聲迴蕩，遙遠的東方天穹，晨陽升起，天空浮出一絲亮光。

正德門裏，一個內侍的手中持著旨意，此人正是梁師成，梁師成比之從前消瘦了幾分，眼眸中顯出死灰之色，但還是刻意地作出一副莊重狀，走至門洞下，朗聲道：

「聽宣，畫試諸貢生何在？」

畫試的貢生們紛紛圍過去，沈傲也在其中，梁師成輕輕瞥了沈傲一眼，面無表情地道：「諸位請隨咱家面聖去吧。」

他當先入內，沿途過了儀門，穿過白玉石鋪就的拱橋，身後的貢生亦步亦趨地隨著他進入這深紅宮牆。

「沈公子……」趙伯驌不知什麼時候出現在沈傲身側，帶著淺笑道：「伯驌已經看過沈公子的畫了，果然非同凡響。」

沈傲淡淡地道：「哪裏！哪裏！」

趙伯驌繼續道：「不過，這一次殿試我不會再輸給你，一定全力以赴將你擊敗的。」

年輕人的盛氣依舊，眼眸閃露出炙熱光芒，這種盛氣凌人、初生牛犢不怕虎的性子倒是挺對沈傲的口味，藝術一道，講的就是勇往直前，摒棄一切經典，才能融匯自己的風格，從而步入大師的境界。

沈傲微微笑道：「沈某人期待趙公子的挑戰。」

趙伯驌這一拳全力而發，原本是以爲沈傲會反唇相譏，卻見沈傲雲淡風輕的樣子，這感覺就如一拳砸在棉花上，臉上浮出些許怪異。

趙伯驌忍不住地道：「沈傲，其實我還是很佩服你的，你很像我的兄長，我說的不是外貌，而是氣質，不過，我的兄長如今已經年屆三十，你卻和我一樣的年紀，真不知道你爲什麼天天能擺出這種臉色來，太嚴肅了，讓人不好親近。」

沈傲心裏想笑，嚴肅？哥瘋狂的時候能嚇死你呢！不過他兩世爲人，雖偶有瘋狂，可是那臉上的成熟氣質絕不是同齡人能相比的，微微一笑道：

「考完了這場殿試，你我分出了勝負，我們尋個機會小酌一杯如何？」

這算是拋出橄欖枝，要對趙伯驌招安了。

趙伯驌想了想道：「待你贏了我再說。」

意思是，只有戰勝他的人才有資格與他對飲，那狂傲之氣一絲都沒有收斂。

梁師成在一處殿宇前停下，這殿宇中軸正對正德宮門，左右兩側有偏殿，漢白玉的階梯拾級而上，共有九個小階，五個大階，正應了九五之數，殿下的基台上站滿了莊肅無比的禁衛，禁衛悉數是精挑細選，便是身高也不盡相同，整個殿宇，籠罩著一股肅殺之氣。

梁師成進殿覆命，不多時，便有內侍高吼道：

「宣諸貢生進殿……」

沈傲等七八人舉步進去，這寬闊的講武殿內，雕梁畫棟，金碧輝煌，兩側是站班的朝臣，往上一些，便是七八個落座的元勛老臣，再往上，就是雲龍石雕鑄造而成的御台，御台之上，趙佶正襟危坐，目光柔和，左右四顧，便不禁莞爾一笑。

這些貢生自進殿的那一刻起，大多已是激動萬分，有的雙膝顫抖，有的拘泥緊張，有的垂頭屏息，有的故作鎮定。朝為田舍郎，幕登天子堂，人生在世，對於這些貢生來說，能夠進入講武殿，已是最輝煌的一刻。

舉賢用能，階下站著的，便是天下最好的畫師才俊了，趙佶微微頷首，目光中露出期許之色，最後那目光落在貢生中的沈傲身上，趙佶微微一驚，卻看到沈傲一臉從容鎮定，這種從容絕不是刻意的矯揉造作，整個人穿著碧色公服，顯得沉穩篤定。

恰好他的眼眸抬起，與趙佶目光一對，趙佶心中不由嘆道：「榮辱不驚，泰山崩於前而色不變，如此少年，當真罕見。」

這時，沈傲已是認清了趙佶，臉色才有些變了，忍不住道：

「王相公……」

王相公，這一聲呼喚很久違，趙佶忍不住笑了笑，對沈傲深望一眼，卻沒有應承，仍是端坐不動。

殿中，周正目不斜視，石英正襟危坐，唯有錦墩上的晉王卻是一副昏昏欲睡的模樣，沈傲等人進殿來時，也不過輕描淡寫地掃視一眼，便繼續闔下眼皮假寐養神。

與晉王相對而坐的，乃是致仕已久的太師蔡京。蔡京已是老邁，可是坐在這錦墩上，卻是斜對著御案後的趙佶欠身坐著，自始至終表現出萬般的恭謹。

再往下便是諸位官員，這些人中，有沈傲認識的，也有不認識的，只是方才沈傲道出一句王相公，卻是吸引了無數人的目光，有的投來輕蔑眸光，有的目露期許，許多複雜的眼神交織一起，卻都不約而同的在這俊朗少年的身上掃過。

整個殿中，只有一個人始終保持著微笑，那人便是楊戩，楊戩側立在趙佶身旁，見沈傲喊出那句王相公，臉上帶著早已預料的神秘笑容，這一聲王相公，殿中只有三人知道其中的意思，楊戩便是其中之一。

沈傲心裏明白了，王相公便是皇帝，皇帝就是王相公，汗，自己精於察言觀色，猜到王相公定是達官貴人，竟如何也想不到，此人竟是皇帝。

心裏汗顏不已，見趙佶一副無動於衷的模樣，頓時明白，在這肅穆的殿堂之中，這些事只能埋藏在心裏，絕不能向外人道出，淡然一笑，又恢復了那榮辱不驚的笑容，眼眸落向周正、石英，最後落在那昏昏欲睡的晉王身上。

「睡著了？沒有王法啊！」沈傲心裏感嘆，這傢伙到哪裏不睡，偏偏在這殿堂之中微微打起了鼾聲，如此莊重的場合，晉王又調皮了。不過上至皇帝，下至朝臣，卻對晉王的出格舉動不以爲意，竟沒有一絲震驚之色，想必晉王的前科不少。

貢生們行了禮，趙佶心情大好，抬手道：「既入殿試，便是朕的門生，師禮既已行了，也不必再拘謹，來，給朕的門生賜坐。」

天子門生，是何等的榮耀，貢生們的拘謹逐漸消散，取而代之的是難以言喻的激動。內侍們搬了錦墩上來，諸人一道欠身坐下，沈傲的屁股還未坐熱，便聽到身後一個朝臣步出來，朗聲道：「臣有事要奏。」

眾人循目望去，趙佶臉色略帶不滿，按禮制，這下一刻便是由自己出題，親自主持殿試，這個時候竟有人要奏事，爲何先前未召貢生入殿的時候不說？不過，他還是作出一副氣定神閒的樣子道：「愛卿暢言無妨。」

奏事的官員乃是太常寺奉禮郎，職責是督促賓禮、軍禮、嘉禮、吉禮、凶禮等儀式，他從容地道：「陛下，臣聞這一次藝考開科，沈貢生一人連中四場考試，沈貢生的學識才智，臣佩服之至，只不過自我大宋開國以來，卻沒有一人連考的事跡，只怕藝考四科，於禮不合。」

身爲奉禮郎，他提出這個質疑並沒有什麼不妥，事實上，連考幾科，莫說是大宋，便是先唐也是絕無僅有的事，只不過律法條文也沒有作出規範，畢竟連續報幾場考試的人絕無僅有，沈傲連中四科，頗有些鑽法律漏洞的意味；可是禮法與律法不同，奉禮郎拿禮說事，也是說得過去。

不過，一個小小的奉禮郎，拿這個問題來做文章，背後的意味就值得深思了，若沒有人在他的身後操縱，誰敢在這風口浪尖上挾禮議事？連中四科的事，官家是早已知道，也即是說已默許，這個時候來翻案，只怕事情並不簡單。

趙佶微微冷哼一聲，眼眸在殿下的梁師成和王錆身上逡巡，見二人神色無動於衷，一副無辜的模樣，趙佶才是眼露疑色，陷入沉思。

奉禮郎的話音剛落，又有幾人出班道：

「臣等附議，吳大人說得不錯，若是一人可連報數科，將來考生蜂擁而至，難保應試之人良莠不齊，造成朝廷選才不便，請陛下錄奪沈貢生三科貢生之銜。」

這幾人也大多是無名小卒，除了幾個部堂的主事和幾個御史之外，並無重要的中樞大臣。

趙佶臉上略顯出鐵青之色，周正和石英俱都面面相覷，他們無論如何也想不到，會有人在這殿試當口突然發難，只不過越是這個時候，二人反倒氣定神閒，彷彿眼前的事一切與己無關，不過，還是不約而同地望了恭謹的蔡京一眼。

「臣附議！」這一次站出來的，逐漸有了重量級人物，如尙書右丞王韜、刑部尙書王之臣、太常寺卿周戴等人，俱都是權傾朝野，獨當一面的大吏。

趙佶目光落在沈傲身上，心裏不由苦笑，這個沈傲，還未入仕，便平白多了如此多的對手。趙佶在心裏吁了口氣，一時也爲難了。

恰在這個時候，一聲呵欠聲傳出，卻是晉王突然醒了，他微微張眸，一頭霧水地望著站出班的官員，吹鬍子瞪眼地站起來道：「皇兄，臣弟很生氣，有人侮辱宗室，無視禮法，是大不敬之罪，請皇兄爲臣弟做主。」

這位逍遙王爺突然發難，教殿中的形勢更加撲朔迷離，所有人都是目露疑惑，不知這晉王的矛頭要指向哪裏。

侮辱宗室，無視禮法，大不敬，這任何一頂帽子，在座之人誰敢戴？王爺一發威，果然與衆不同啊！

趙佶不動聲色地問道：「皇弟但說無妨……」

趙佶與晉王趙宗，二人乃是一母同胞的嫡親兄弟，關係自是不同，晉王說自己受了欺負，在這大殿之上，趙佶又如何坐得住？

須知趙佶是個極重感情的皇帝，否則那陪他踢蹴鞠的高俅，那隨侍他跟前的楊戩、梁師成，還有蔡京，這些近臣，哪一個沒有遭人彈劾？但都是位極人臣。

近臣如此，身爲嫡親皇弟，趙佶自是縱容得很。

晉王趙宗道：「皇兄，藝考選才，乃是先祖定下來的鐵律，先祖仁皇帝曾言，藝試報考者不問出身，不問貧賤，但凡有一技之長，便可求取官銜、俸祿。這句話言猶在耳，爲何今日有人卻以禮要挾，這不才是無視禮法、大不敬嗎？」

他話音落下，人也欠身坐下，便不再說話了。

上奏彈劾的官員以王韜、王之臣等人爲首，聽了晉王這番話，皆是噤聲無語，晉王的理由好反駁，仁皇帝只說了不問出身，不問貧賤，可沒有說一人可以報考四場考試啊？晉王這個理由實在牽強。

最大的問題還是在晉王本身，晉王發話爲沈傲辯護，這意味著什麼？意味著，若是他們再糾結此事，便是得罪了這位宗室的近親王爺，晉王愛胡鬧，真要鬧起來，誰擋得住？

正在進退維谷之際，沈傲咳嗽一聲，眼睛朝楊戩望去，微微向楊戩笑了笑，隨即對著趙佶道：「陛下，能否讓學生自辯一下？」

趙佶一直保持著不偏不倚的中立態度，可是內心之中，對這些突然發難的朝臣頗爲不悅，見沈傲開口，不禁想起他喬裝王相公時與沈傲的交情，微微一笑道：

「愛卿但說無妨。」

沈傲咳嗽一聲，很是尷尬地道：

「學生這個人很懶的，參加藝考，還是楊戩楊公公爲了學生的前程，給學生提的醒，就是報考之事，也是楊公公替學生代勞。我的話說完了。」

他屏息咬唇，瞥了那王韜、王之臣一眼，淡笑不語。

楊戩無奈地朝沈傲一笑，這個沈傲，當真是狡猾得很，只這一句話，便足夠教王韜等人難堪，連忙道：

「陛下，沈貢生學富五車，奴才心中便想，這樣的才子若是不能爲陛下所用豈不可惜，因而奴才便幫他報了名，只是不曾想，原來連考四場竟涉及到了禮法，奴才惶恐，請陛下責罰。」

殿堂中所有人都深吸一口氣，許多人同情地看了王韜、王之臣等人一眼，這二人算是倒霉了，今次不但得罪了宗室，連帶著這位權傾一時的內相也都得罪了個乾淨。

他們說沈傲連考四場是有違禮制，豈不正是說楊公公不懂禮儀？名是楊戩報的，這賬若是算起來，那王韜彈劾的不是沈傲，而是楊戩了。

楊戩是誰？大名鼎鼎的內相，皇帝跟前的寵臣。自梁師成失勢之後，楊戩已將手伸到了梁師成的權責範圍之內，非但宮中的影響力極大，就是在朝中也開始鞏固了自己的地位，如此權宦，莫說是王韶，就是太師蔡京，在他面前也都得乖乖聽話。

這場彈劾，從晉王開始便已經啞了火，等到連楊戩也站了出來，便已算是徹底地流產，一邊是宗室，一邊是內廷，這兩大勢力雖然極少過問朝政，但都是不容小覷的巨大力量，王韶和王之臣就是再蠢，也知道見好就收的道理。王韶已悄悄地退回班中，不敢再發一言，至於王之臣，連忙向趙佶請罪。

趙佶唇邊閃過一絲笑意，深望沈傲一眼，不耐煩地道：

「不必請罪了，退下去吧！今日朕主持殿試，是要選才用能，沈傲到底是否該錄奪掉貢生，需看他自己的本事。」

話音剛落，只一個眼神，立即有內侍抬了七八張畫案上來，筆墨紙硯也已備齊，趙佶道：「好啦，朕來出題，眾卿可準備好了嗎？」

七八個貢生一齊道：「臣等洗耳恭聽。」

趙佶嘆了口氣：「春來花開知多少，唯有在這個時節，朕在花苑中，卻是看到梅花凋謝，諸卿便以梅花爲題，開始作畫吧！」

畫梅？這個題目倒是並不難，已是有幾個貢生躍躍欲試。當今皇帝好畫花鳥，因而坊間的畫師也大多以畫花鳥爲時尚，平時這些貢生練習畫技，所畫的梅花都是數不勝數，因此一個個捲起袖子，臉色篤定的按好紙卷，提筆開始作起畫來。

趙佶也是畫藝宗師，只看這幾個貢生提筆布局的姿態，心裏便忍不住暗暗點頭，今年的畫院貢生倒個個實力不俗，單看這布局提筆，便有一番氣勢。尤其是趙伯驌，落筆時更有一番氣度，大張大闔，頗有家傳的風采。

趙佶的視線一轉，目光落在沈傲的身上，不由地現出些許愕然。沈傲雖已提筆，可是宣布作畫已有一小段時間，這筆只盤旋在半空，一副遲遲不落的姿態。

須知殿試也是有時間規定的，誰若是先作完畫，往往會給人的印象更好一些，以至於直接影響到成績，畫梅這樣通俗簡易的題目，莫非還要思考嗎？

趙佶望著這不徐不疾的沈傲，心裏反倒有些爲他發急，咳嗽一聲道：「沈貢生，時間可不多了。」

沈傲抬眸，朝趙佶微微頷首道：「陛下，微臣作畫講的是一個感覺，有了感覺，才能作出好畫來。」

感覺？趙佶心裏不禁失笑，身爲畫派宗師，沈傲所說的感覺，他又何嘗沒有體會。只不過畫梅也需要感覺嗎？在場的畫師之中，一生所畫的梅花，沒有一百也有數十，若說一些較爲廣闊的風景需要感覺倒也罷了，只是循規蹈矩的畫一幅梅花圖，要感覺做什麼？

趙佶默然無語，心裏不由地想：若是今次在殿試中尋不到感覺，莫非他在殿試便不交卷了？朕要小心看緊他，可不能讓他在殿試之中胡鬧出醜。

晉王朝沈傲飛快地眨眼示意，他小憩片刻，已是精神奕奕，眼見沈傲這傲然的作風，倒是和自己頗有些相似，心裏嘿嘿直樂。作畫的事他不懂，看的也就是個熱鬧，若是所有人垂頭作畫，反而無趣得緊。

沈傲屏息凝神，提起的筆遲遲不落，時間一點一點地過去，已是許多人為他擔憂，或是心中暗爽了。倒是趙伯驌，雙眉也凝起來，沈傲若是到時交了白卷，他算是勝之不武，因此不禁有些氣憤，故意瞪了沈傲幾眼，卻又不得不收起心思，埋頭作畫。

許多貢生的梅花已是畫到了一半，花鳥之中，梅花是最好畫的，無它，熟能生巧而已。

眼看沈傲仍未落筆，連楊戩都為沈傲擦了一把汗，心裏無聲地對著沈傲說著：小祖宗，你還在耽擱什麼，管他什麼感覺，趕快畫幾朵梅花出來便是。

沈傲如入定一般，咬著唇，不發一言，許久之後，他突然張眸，眼睛一瞥，朝趙伯驌笑了笑，眼睛也落在趙伯驌的桌案上。趙伯驌的桌案距離沈傲並不遠，因此低頭看去，便可看到他畫作的全貌。

趙伯驌畫的，乃是一片梅林，天空雪花飄落，梅林中，無數梅花爭相綻放，鳥兒盤旋，整幅畫的布局，顯得很開闊，布局感極強。

沈傲心裏忍不住地笑了，趙伯驌的梅林倒和他的作畫風格頗有相似，大張大闔，若只是畫幾朵梅花點綴，豈不辜負了他的畫風，而一片梅林鬱鬱蔥蔥的渲染出來，梅花細膩的點綴其中，梅樹枝椏若隱若現，蒼天白雪之中，蒼涼無比。

「好一叢梅林！」沈傲心中情不自禁地讚嘆，別人畫梅，大多以細膩別致爲主，而這位老兄卻是反其道而行，大刀闊斧，表現出來的梅林沒有過多的矯揉造作，蒼涼開闊，讓人一眼望去，心中對畫裏的梅林生出惋惜之情，彷彿這風雪漸止的下一刻，梅林中美麗的花兒便要紛紛凋零。

恰好這時，趙伯驌抬起眸來，見沈傲看著自己的畫，心中不由地生出幾分得意，朝沈傲挑釁似地努努嘴，才是又繼續埋頭作畫。

趙伯驌的畫法很精湛，也很熟稔，更爲重要的是，他的畫風有極強的不可模仿性，這種畫梅的風格，只怕天下找不到第二個來。自己要超越他，那麼唯有走另一個極端，否則中規中矩，縱是畫得再好，給人的感覺也是了無新意。那麼……就讓你們看看什麼叫做真正的極端畫法吧，沈傲心裏對著殿中之人說。

突然，他抓起桌上的硯台，懸在空中……

第九九章
極端畫法

趙佶坐在金殿之上，看得並不清晰，
此時見沈傲如此舉動，耐不住心中的好奇，一步步走下殿來，
他酷愛繪畫，對這種新奇而又挑戰性極強的畫法很感興致，
走至沈傲的案前，負著手，目不轉睛地看著沈傲潑墨。

這個舉動，自是引人矚目，好好的不去作畫，卻是握起硯台做什麼？莫非要用硯台作畫？王韜和王之臣的臉上掠過一絲不可捉摸的嘲笑，若是沈傲在所有人交卷之後還未完成畫作，就有樂子可瞧了。

所有人正看著沈傲的時候，沈傲突然鬆手，啪嗒一聲，手上的硯台落下，隨即跌在宣紙上，又彈下書案，摔了個粉碎。

瘋了……瘋了……他到底是來作畫，還是來搗亂的？天子居所，講武殿上，豈容他這樣胡鬧？不少人已是暗暗生出了怒火，對沈傲的舉動很是憤怒。

反倒是周正顯得最爲鎮定，他太清楚沈傲了，這些時日的相處，他相信沈傲在沒有一定的把握下，是絕不可能會如此的，那麼唯一的可能，便是沈傲另有它法。

晉王忍不住咯咯笑起來，朝著沈傲翹起拇指！這個沈傲，性子和本王爺很像啊，本王爺還沒有嘗過在講武殿裏摔硯台的滋味呢。

那墨汁四濺，整張宣紙上不知沾染了多少墨色，墨汁潑在紙上，呈不規則的形狀逐漸擴散開。趙佶皺起眉，心裏有些不悅，但又忍不住地爲沈傲發急，便不動聲色地道：

「來，給沈貢生換一張畫紙。」

內侍正要去拿新紙來，沈傲卻是微微笑道：

「陛下，不必了，學生就用這幅宣紙作畫。」

他好整以暇地提起筆，顯出一副氣定神閒的樣子，先是左右四顧一番，終於尋到了落筆之處。

隨即畫筆落下，卻是沿著一團墨跡在外輕輕一描，這宣紙上的墨點污跡竟陡然變成了一朵含苞待放的臘梅花兒。

沈傲的畫筆繼續下落，一條畫線沿著幾個墨跡處一連，離得近的人都吸了口氣，他們看明白了，這是在畫梅樹的軀幹，古往今來，這樣的畫法卻是令人嘆爲觀止，先潑墨，在白紙上潑滿墨漬，再一步步用巧手將墨漬點綴爲軀幹、花朵、鳥兒……

這是什麼手法？奇哉！怪哉！

那些離得遠的，也都伸長脖子去看，用一張滿是污垢的紙去作畫，這樣的事真是聞所未聞，這個沈傲，又不知要發什麼瘋。

沈傲彷佛進入忘我的境界，手中的畫筆時起時落，或輕或重，人與筆彷佛合而爲一，再也分離不開，筆尖下落，整個人的氣質陡然一變，無比的莊重嚴肅，渾身的肌肉變成了一座山巒，雄渾無比。筆尖提起，臉上的表情漸漸舒緩，嘴角帶著微笑，全身的肌肉頓時鬆懈，似乎連骨骼都要隨之散開一般。他的眼睛卻永遠是精神奕奕，從未離開畫紙，咄咄逼人的眸光，如錐入囊。

趙佶坐在金殿之上，看得並不清晰，此時見沈傲如此舉動，耐不住心中的好奇，一步步走下殿來，他酷愛繪畫，對這種新奇而又挑戰性極強的畫法很感興致，走至沈傲的案前，負著手，目不轉睛地看著沈傲潑墨。

如此一來，有趙佶擋著，不少好畫的官員便看不到沈傲落筆了，許多人一時忘我，竟是忘了禮儀，一步步伸長著脖子慢慢挪步過來，甚至不知道自己在不知不覺中湊到了沈傲的案邊，而皇帝距離他們也不過一步之遙。

沈傲手腕輕動，一旦作起畫來，便如行雲流水，畫筆輕輕一個勾勒，一朵新鮮欲滴的梅花便展露出來，紙上的墨跡污穢此時成了一朵朵別致的梅花，明明是一團不規則的污漬，經由巧手輕輕一點，下一刻就變成了樹幹，明明是一小點墨跡，下一刻就成了樹梢。

更令人驚奇的還不只這些，有人驚詫莫名地呼道：「布局新穎別致，如此畫法，竟還能布局，怪哉。」

眾人這才注意到，沈傲的布局並不零散，整幅畫層層疊疊，雖不渾厚，卻是勝在層次分明。

須知一幅畫，布局最爲重要，不管是山水還是花鳥，若是布局不好，則畫筆再細膩，最終也只能算是失敗之作。而這種潑墨的畫法，最大的難點不在變廢爲寶，將污垢化爲美麗的梅樹軀幹、枝葉、花朵，而在於布局。

潑墨原本就是難以預料的，墨水潑下去，誰也不知污垢和墨跡會落在哪裏，而作爲一個畫師，在開筆之前便要琢磨布局的架構問題，又如何能在污垢之中建立一個布局？

可是沈傲的畫，雖然只有一山一樹，梅樹在寒風凜冽中桀驁不屈，梅樹的背景是一條起伏的山巒，山巒上皚皚白雪，這一山一樹，其布局卻是疏而不減。

梅樹在前，山巒在後，枝葉、軀幹都是背景，唯有綻放的梅花最爲鮮明醒目。如此布局，層次分明，主次有序，讓人一眼看畫，便先看到了梅花，其後才是枝葉、軀幹，最後是山巒。

能在一片污垢殘漬中定下主次，迅速的做好布局，眾人也唯有讚嘆沈傲思維迅捷，眼力銳利，畫技精湛了。

趙佶情難自禁地道：「前唐時倒也有這種潑墨法流傳，只不過比起沈傲今日的潑墨來，是小巫見大巫了，好，好畫。」

潑墨之法，古已有之，相傳唐代王洽，以墨潑紙素，腳蹴手抹，隨其形狀爲石、爲雲、爲水，應手隨意，圖出雲霞，染成風雨，宛若神巧，讓人細看，看不到墨污之跡。只不過潑墨法很難布局，只能追隨墨污的形狀作畫，因此，這種畫法只能算是非主流，縱然手法再高明，可是作出的畫作在布局方面已有欠缺，又如何能作出佳作名篇？因此，這種畫技早已被人摒棄，不過是一些二三流畫師借以自娛罷了。

不過，潑墨法演化到了後世，掌握布局的技巧逐漸開始掌握，沈傲在前世無所事事時，喜歡用潑墨法來作畫，既融匯了各代的潑墨技巧，自己融會貫通，也練就了自己的心得。

潑墨作畫，另一個難題在於下筆要快，墨潑下去，若是踟躕不決，則下筆墨水滲開，再要運筆，就很難有潑墨畫那種渾然天成的圓潤風格了。

這個難題又引出下一個難題，墨潑下去，又需要立即下筆，根本就沒有思索布局的時間，這就要求作畫者需要擁有極好的思維能力和眼力，而作爲藝術大盜，這兩點本就是沈傲的主要生存技能之一，因而在短時間之內，他能迅速的作出分析判斷，隨即根據墨污構思好布局，立即落筆。

沈傲作畫，屬於那種前期不動筆，一旦動筆便一發不可收拾的人，靜若處子、動若脫兔，只片刻功夫，沈傲落筆，一幅梅花圖便已完成，左右四顧，才發現自己的身邊竟是裏三圈外三圈圍滿了人。

正對面的是如痴如醉的趙佶，除此之外，官員自是不少，還有幾個方才參與彈劾沈傲的官員也位列其中，當所有人回過神後，失禮的官員紛紛向趙佶請罪。

趙佶饒有興致地看著這幅梅花圖，忍不住地又道一句：「不錯！」便旋身回到御案前坐下。

誰都不曾想到，最晚作畫的沈傲會是率先交卷，片刻之後，趙伯驌才擱下筆，抬眸一看，見沈傲氣定神閒，案上的宣紙已經不翼而飛，心中大爲吃驚，方才他定神去作畫，倒是沒有注意到身邊的異樣，此時發現沈傲已經交卷，自是震撼莫名。不過他對自己的畫很有信心，還算顯得從容，只是挑釁地朝沈傲擠眉弄眼，嘴角微微上揚冷笑。

接著，其他貢生們也紛紛交卷，七八張畫卷紛紛擺在了趙佶的御案上，趙佶一路看過去，大多只是草率瞄了幾眼，有了沈傲方才的畫作，眼前的梅花圖，要嘛布局有些凌亂，要嘛下筆略帶生硬，其實論起來，這幾幅畫都算是上乘的作品，可是一旦對比，高下便立即分出了。

等到趙佶看到趙伯驌的畫卷，臉上終是舒緩了一些，忍不住叫了一聲好，趙伯驌的梅林圖很有新意，要畫梅林山水，布局的要求也是不低，一旦出現些許的疏漏，就極有可能破壞畫卷的整體美感，而趙伯驌的布局功夫不弱，整片梅林層層疊疊，絲毫沒有差錯，讓人一看，便彷彿置身梅林之中，腳踩著雪花，迎面吹來凜冽寒風，有一種孤獨蕭索的餘韻。

隨即，趙佶又道了一聲可惜，眼眸雖是不捨，卻還是發現了畫中的弊病，此畫雖然別有新意，可是求新的過程中卻又有些急躁，梅林畫得雖好，可是畫的主旨還是梅花二字，偏偏這梅花在梅林之中不夠鮮明。若殿試的試題是梅林圖，這幅畫已是接近完美，可惜畫還是偏離了一些主旨。

趙佶緩緩將趙伯驌的畫放置一邊，重新審視起沈傲的梅花圖來。

宋人畫梅，大都疏枝淺蕊。因此先前的幾幅梅花圖大多也採取的是這種畫法，枝幹之上只有稀稀落落的幾點梅花綻放，這樣的好處在於能夠使梅花在畫中更加鮮明出眾。不過，沈傲的梅花圖卻是反其道而行，畫中的枝椏上繁花似錦，千叢萬簇，讓人一看，倍覺手神綽約，珠胎隱現。

趙佶從未見過梅花以如此手法開篇，覺得很是新奇，他眼眸落在畫中枝條茂密、前後錯落的枝頭上。枝頭綴滿繁密的梅花，或含苞欲放，或綻瓣盛開，或殘英點點。正側偃仰，千姿百態，猶如萬斛玉珠撒落在銀枝上。白潔的花朵與鐵骨錚錚的幹枝相映照，清氣襲人，深得梅花清韻。幹枝描繪得如彎弓秋月，挺勁有力。梅花的分布富有韻律感。長枝處疏，短枝處密，交枝處尤其花蕊累累，勾瓣點蕊，簡潔瀟脫。

如此畫梅，不但別開生面，更是前所未見；趙佶心中不由佩服，他自認爲是花鳥派的宗師大家，可是眼前沈傲的作品卻不得不令他爲之動容，先是畫技獨一無二，採取最困難的潑墨法，就是畫風也是別具一格，彷彿爲梅花的畫法開闢了一條新的天地。

趙佶心中已有了判決，將沈傲的畫卷放下，深望了沈傲一眼，卻是抿嘴不語。

按規矩，殿試當場是不能宣布名次的，要等到殿試完畢之後，通過旨意的形式頒發出來，同時再授予官職。因此，趙佶倒是顯得不疾不徐，呵呵笑道：

「今日畫試，朕大開眼界，很好，朝廷能挑選出如此諸多的才子，朕心甚慰，諸位愛卿退下候旨吧。楊戩，宣書試貢生晉見。」

貢生們紛紛道了一句「吾皇萬歲」，隨即魚貫退出，唯有一個沈傲滿是尷尬，退出去又不是，不退嘛，似乎又有些不妥。皇帝已叫自己退下，可是又說要召書試的貢生進殿，自己若是現在退出，待會兒不是又要進來一趟？

算了，不走了！沈傲故意裝作什麼都沒有聽見，心如止水地繼續坐在錦墩上。

緊張過後，他才來得及思考方才所發生的一切，先是王相公變成了皇帝，自己竟還蒙在鼓裏，腦中默默回憶自己和王相公相處的時間裏，好像並沒有說什麼太過分的話，因此鬆了口氣。

隨即又想，自己和王相公的關係其實是不錯的，按道理，現在這位皇帝老兒應當不會公報私仇，這就好，沈傲只是一個穿越人士，並不是超人，得罪了皇帝，那可不是好玩的，跟皇帝對著幹打擂台，他沒有這麼大的勇氣。

此外，還有彈劾自己連考四場的事，這背後又有誰在挑撥？沈傲目光一掃，紛紛落在蔡京、王黼、梁師成三人身上，心中不由地想：

「梁師成暫時不可能，他如今在宮中已經勢微，暫時沒有這麼大的能量。至於王黼，他雖是權傾一時的少宰，這個風口浪尖上，只怕還不敢來拔自己的鬍鬚；莫非是蔡京老賊？」

沈傲頓時覺得不可思議，蔡京是個聰明人，他應當知道用這個理由是扳不倒自己的啊，爲什麼要費這麼大的力氣指使人彈劾自己？難道這背後還有陰謀？

不行，等考完了試，一定要去尋陳師傅指點迷津，陳師傅對蔡京老賊最是了解，說不定能夠道出事情的真相。

鼓樂聲中，六個行書貢生徐徐進殿，其中一個正是蔡行，一道兒行了禮，趙佶賜坐之後，蔡行抬眸瞥了趙佶一眼，頓時嚇得魂不附體。

眼前的官家，竟是那個邃雅山房中被自己挑釁的王相公，而此刻，趙佶似笑非笑地打量了蔡行一眼，蔡行宛若電擊，立即垂下頭去，心亂如麻。

誰會想到，在邃雅山房之中的一個相公，竟是當今天子，偏偏那一日蔡行飽受打擊，惱羞成怒，不知天高地厚地挑釁到了天子頭上。

趙佶見了蔡行，臉色從容，即道：「朕便以冬日爲題，諸位這即行書吧。」

方才畫考已是耽誤了不少時間，眼看還有半個時辰便到正午，按道理，上午必須進行兩場考試，下午再進行兩場，方才趙佶看沈傲作畫已是暢快淋漓，此時略有些倦意了。

試題已出，筆墨紙硯俱都是現成的，六個貢生紛紛舉筆，不敢耽誤。

蔡行咬著唇，心中情不自禁地想，天子並未降罪，想必是看在曾祖父的薄面，於是抖擻精神，想著今日一定要教皇上看看他的手段。皇上酷愛行書作畫，要想令他生出好感，唯有這一次能夠寫出一幅極品行書，皇上看了，若是覺得暢快，埋藏在心中的敵意自然大減。

蔡行心中計議已定，便生出無窮的信心。上一次自蒙受沈傲羞辱之後，他便不再去國子監進學，回到家中，鑽心研習書法。蔡家乃是書法大家，非但曾祖父的行書堪稱一絕，家中收藏的字帖亦琳瑯滿目，蔡行本就是極有天賦之人，短短數月之間，書法已有了極大的突破。

如今的蔡行，其實力雖及不上曾祖，但也不容小覷。

他氣定神閒，心無旁騖地握住筆桿，沉思片刻，作詩道：

「漫天香雪落鄧山，花徑草塘笑語喧。司馬青衫成素裹，情融玉羽醉雲箋。」

這首詩意境並不優美，勝在能短時間作成，由此可看出蔡行的思維還是很敏捷的，只略略一想，一首詩便生出來，整個詩篇雖只是寫景，但也大致道出了試題中的一個冬字。

他心裡有些洋洋自得，提筆龍蛇之後，便立即收尾，整個行書龍飛鳳舞，不再拘泥於蔡體的書風，還增添了幾分灑脫不羈的手姿，雖是灑脫，卻又不失細膩。

蔡行看了看行書，心中不免滿意，其實上一次書試，他是故意藏拙，一方面，是令沈傲產生自大心理，另一方面，是要配合曾祖的一項計劃。

眼下這幅行書與之他書試的時候比起來，多了幾分神采，更增添了幾分蔡氏書法那種穩定沉著的神韻。

蔡行剛剛擱筆，便聽到耳邊有人嘖嘖稱奇，他舉目望去，看到沈傲還在揮筆疾書，而官家不知什麼時候已下了金殿，搬了個小錦墩坐在沈傲對面，望著沈傲的行書叫好。

趙佶顯是看得忘乎所以然了，時而道：「這詩詞作得好，不過沈傲，朕以爲『朔風勁且哀』改爲『朔風勁且悲』，是否更契合一些？」

沈傲垂頭作書，卻是不理他，心裡忍不住地想，到底是你皇帝老兒寫詩還是本公子作詩？一邊涼快去！

這些話自是不能說出來，可是心中腹誹卻是免不了的。他所寫的詩，名叫《歲暮》，整篇詩文是三行短句：

「殷憂不能寐，苦此夜難頹。明月照積雪，朔風勁且哀。運往無淹物，年逝覺已催。」

全詩上下蒼涼無比，詩詞雖寫的是冬日，卻是一首歲暮感懷詩，時間又是在寂靜的長夜。在這「一年將盡夜」，詩人懷著深重的憂慮，輾轉不寐，深感漫漫長夜，似無盡頭。詩的開頭兩句，以夜不能寐托出憂思之深，用一「苦」字傳出不堪禁受長夜難眠的折磨之狀，但對「殷憂」的內涵，卻含而不宣。

三四兩句是殷憂不寐的詩人歲暮之夜所見所聞。明月在一般情況下，是色澤清潤柔和的物象，詩中出現明月的意象，通常也多與恬靜悠閒的心態相聯繫；即使是憂愁，也常常是一種淡淡的哀傷。但明月映照在無邊的皚皚積雪之上的景象，卻與柔和清潤、恬靜悠閒完全異趣。

積雪的白，本就給人以寒凜之感，再加以明月的照映，雪光與月光相互激射，更透出一種清冷寒冽的青白色光彩，給人以高曠森寒的感受，整個高天厚地之間，彷佛是一個冷光充溢、冰雪堆積的世界。這是一種典型的陰剛之美。這一句主要是從色感上寫歲暮之夜的凜寒高曠之象。

下一句則轉從聽覺感受方面寫歲暮之夜所聞。「朔風」之「勁」，透出了風勢之迅猛，風聲之淒厲與風威之寒冽，後一個「哀」字，不僅如聞朔風怒號的淒厲嗚咽之聲，而且透出了詩人的主觀感受。

兩句分別從視、聽感受上寫出歲暮之夜的高曠、蕭瑟、寒凜、淒清，作爲對冬夜的即景描寫，它確實是典型的「直尋」，完全是對眼前景物直接而真切的感受。由於它捕捉到了冬夜典型的景物與境界，給人的印象便十分深刻。

最後一句更爲經典，「運往無淹物，年逝英已催。」運，即一年四季的運轉。隨著時間的運行，四季的更迭，一切景物都不能長留，人的年歲也迅速消逝。值此歲暮之夜，感到自己的生命也正受到無情的催逼。這兩句所抒發的歲月不待、年命易逝之慨，這種感慨並不流於低沉的哀吟，而是顯得勁健曠朗、沉鬱凝重。

作詩，講的是一個意味，單純的寫景是最簡單的，只需將繁華辭藻堆砌上去即可。以景抒情，才是詩詞的最佳表現方式，沈傲整篇詩中充滿了歲月催人的感傷，借喻冬夜，令人生出蕭索情懷。

至於行書，沈傲更爲拿手，第一行採取的是董其昌的筆法，董其昌憑藉自己對古人書畫技法得失的深刻體會，攝取眾家之法，按自己的意思運筆揮灑，融合變化，達到了自成家法的化境。

董其昌的行書追求平淡天真的格調，講究筆致墨韻，墨色層次分明，拙中帶秀，清雋雅逸。因而沈傲寫出第一行詩文，趙佶便不自覺的痴醉了，忍不住擊節叫好，心中將自己的行書與眼前這字體進行比對，頓覺這個字體比之自己的瘦金體更勝一籌。

第二行字，沈傲卻是筆風一轉，用的是蘇軾的小楷。蘇軾的楷書，平易流暢，豪放自如。不知多少後人進行臨摹過，可是在趙佶看來，唯有沈傲的手法最為精湛，見了此行書，便如見到蘇軾真跡，令人生出神往之心。

第三行採用的是黃庭堅奇崛瘦硬的筆風，筆走龍蛇之下，慨然擱筆。

「好，卿可為書試第一！」趙佶心中激動，一時竟是恍神，說出了一句不該說的話，等他回過神來，發覺自己失言，咳嗽一聲，正色道：

「沈貢生行書如鬼神，朕問你，這行書，你是從何處學來的？」

臨摹蘇軾和黃庭堅倒也罷了，臨摹的雖然極好，可畢竟還是偽作，可是那董其昌的字體是趙佶從所未見的，他心中已是認定這是沈傲自創的字體了，小小年紀，能在行書之中別開生面，開闢一條前人未有的道路，趙佶如何能不驚奇？

沈傲只是抿嘴一笑，卻沒有立即回答趙佶。

趙佶心中不由地想，他既不答，那定是因為沒有老師教導了，自己揣摩領悟，莫非也能達到這般的境界嗎？心中驚駭莫名，陷入深思，隨即坐回御案，教人將書試的卷子收上來，逐一看過去，卻一直打不起精神。

與沈傲的行書詩詞一比，這些答卷在趙佶眼中連糞土都不如，只是看到蔡行的試卷時，忍不住帶著一絲說不清意味的笑意朝蔡行望了一眼，隨即又草草掠過。

趙佶咳嗽一聲，左右四顧，生出無比的威嚴，正色道：「諸卿的詩書很好，退下去候旨吧。」他突然又道：「沈傲留下。」

第一〇〇章
害死人的電視劇

楊戩苦笑道：「誰說考上狀元要遊街的，咱們大宋朝，
除了問斬的死囚，還沒有聽說過什麼事兒得要人遊街的。」
沈傲一聽，頓時羞愧得不說話了，電視劇裏的古裝戲真是害死人啊！臉兒差點丟大了。

一上午的殿試過去，朝臣、貢生們紛紛退出宮牆，各自用飯不提。這講武殿中，只留下趙佶、楊戩、沈傲三人。

趙佶與沈傲對視，二人各懷心事，楊戩則笑吟吟地站在一側。

突然，趙佶舒心地笑了，沈傲也跟著笑了，楊戩卻笑不出來了，這官家和沈傲是怎麼了？兩人你看我，我看你，你笑我也笑的，倒是讓楊戩感覺自己有些多餘了。

趙佶朝沈傲頷首道：「沈公子別來無恙？」

趙佶不叫沈傲為卿家，而叫沈公子，沈傲心裡明白，他這是以朋友的身分和自己對話。

沈傲本就是個灑脫的人，雖說伴君如伴虎，可是叫他一個現代人左一個皇上，右一個陛下，滿是諂媚地作出一副恭謹的樣子，卻是要他的老命，娘的，皇帝都叫沈兄了，自己還客氣什麼？

他心裡一橫，神態從容地笑道：「托王兄的洪福，小弟好得很。」

趙佶眼眸深邃，讓人難以看出喜悅，沉默片刻，突然又笑起來：「托我的洪福，這又是什麼緣故？」

沈傲笑吟吟地講自己如何運用題字、脫困打臉的事，趙佶認真地聽，時不時忍不住地發出爽朗笑聲。

楊戩在一旁道：「沈公子機智過人，遇事總能化險爲夷，方才那一樁樁的事，咱家也是第一次聽說，真是凶險極了。」

沈傲笑道：「巧婦若是無米也是煮不成熟飯的，若不是王相公的題字、畫作，沈傲就是要狐假虎威，有誰信？王兄不會怪罪學生借你的名號招搖撞騙吧？」

趙佶呵呵笑著擺手：「朕若是遇到這樣的事，只怕也會和你一樣，沈公子是我的朋友，怪罪二字休要提了。」

說著，趙佶認真起來，便問：「沈公子可有父母在堂嗎？」

在這個時代，身爲朋友或者長輩，問候父母是應有的禮節，沈傲顯出幾分黯然，幽幽地道：「沈傲孤身一人，除了姨母，再無其他親眷。」

趙佶略帶尷尬，隨即安慰他道：「說起來，我們算是遠親，賢妃是祈國公的嫡親妹妹，祈國公又是你的姨父，世上的事真的很難預料，第一次與沈公子相見時，誰曾想到會有今日。」

趙佶頗有一種藝人的情懷，唏噓一番，眸光深遠，只和沈傲話些家常，絕口不提方才的殿試。

沈傲對殿試也是避而不談，一路暢談下來，楊戩小心提醒道：「官家，該用膳了。」

趙佶皺眉，意猶未盡地道：「就上幾道小菜和酒水到這講武殿來，我和沈公子還有話說。」

楊戩連忙下去囑咐了，沈傲有一件事埋藏在心裡，不吐不快，不過，這些話又不好當著趙佶的面說出來，一時面帶猶豫。

趙佶見狀，問道：「沈公子可是有什麼難言之隱？」

沈傲苦笑道：「學生在想，王相公既是學生的朋友，為什麼每次給我傳話時，都要大罵學生一通？學生臉皮很薄的，被王相公一罵，連讀書的心思都沒有了。」

沈傲的話音落下，直視著趙佶，心裡暗暗地想，自己把話挑明了，省得你什麼時候又變成皇帝的時候，又發道旨意來罵人，是耍我嗎？好不容易接個聖旨，卻是撲頭蓋臉地被人大罵一通，罵罵也就算了，居然還不能還嘴，挨打了還要立正，世上哪有這樣的道理？

趙佶現出些許尷尬，隨即哈哈大笑道：「誰叫我整日在宮中聽到你胡鬧的消息，若是不警告幾句，又如何教你收斂？」

沈傲無語。不過趙佶這解釋聽起來，倒是對他全然是善意的。

趙佶拿出幾幅他新近的畫來給沈傲看，一面道：

「我從前還在想，那祈國公府的畫師到底是誰，現在終於明白了，原來就是你。沈傲，早在我們相識之前，你我還在鬥畫正酣，想起來還真是有趣！」他莞爾一笑，沉浸在那時候的意氣用事中：「這幾幅畫是我的新作，你來看看。」

二人的書畫，都處在宗師水平，談及書畫起來，倒有頗多共鳴之處，沈傲先是去看趙佶的一幅《引鶴圖》，趙佶最擅長的，莫過於畫鶴，畫中的鶴展翅引頸，作振翅欲飛，唳鳴九天狀，鶴身的線條流暢，渾然天成，沈傲一眼望下，情不自禁地叫好道：

「好一幅引鶴圖！」

趙佶作畫的特點，往往施以點墨，畫風流暢，有一種飄飄欲仙的感覺，沈傲臨摹的畫作不知凡幾，可是對於這種飄渺之感，還是忍不住為之叫好。他提起筆，如痴如醉地道：「學生就爲王兄題詩一首，爲王兄的佳畫助興。」

落筆下去，寫下一行短句道：「翺翔一萬里，來去幾千年。」

趙佶笑道：「好字，好詩。翺翔一萬里，來去幾千年，這句話恰與《引鶴圖》相互彰顯。」

二人正聊得起勁，內侍端來了幾樣小菜、美酒，坐在這空曠的殿中，擺上一個桌案，二人相互對坐，飲盡一杯美酒，趙佶道：

「若是有空，我帶沈公子到萬歲山去看鶴，你我一同作一幅《白鶴朝天圖》如何？」

沈傲頷首同意，話題便引到歷代的書法名家上，這二人對歷代的書法名家如數家珍，逐人評判，倒是頗有趣味。

酒酣正熱，趙佶突然道：「下午還有殿試，朕先去小憩一會，你就不必出宮了，安寧的病情好轉了一些，就讓楊公公隨你去給她看看。」

沈傲應承下來，與楊戩正要出殿，趙佶又叫住他，道：「沈卿，朕說的話，你要切記，不許唱淫詞。」

「這個時候他又自稱為朕了，真是說翻臉就翻臉啊！」沈傲心中腹誹，只好無奈地說道：「陛下放心，學生絕不敢放肆的。」

灰溜溜地出去，見宮殿外細雨霏霏，原來是下雨了，現在是春季，細雨隨時飄落，方才沈傲與趙佶相談甚歡，不知外頭的天氣已是說變就變！

「沈公子，咱家去尋把油傘來。」楊戩望著這細雨道。

沈傲擺手：「不必了，雨中散步才有意思。」率先進入飄雨中。

細雨綿綿，滴落在沈傲的髮梢、雙肩，帶來陣陣清涼，殿試帶來的疲倦瞬間被驅散開，沈傲精神一振，對冒雨尾隨而來的楊戩道：「楊公公，原來這便是你說的驚喜！」

楊戩笑道：「可不是嗎?沈公子，官家很器重你呢！這天下億兆臣民，上至百官，下至黎明百姓，哪個敢和官家稱兄道弟?沈公子是獨一份啊！」

沈傲莞爾一笑，現在回想，方才自己的膽子好像是有那麼一點點大，畢竟他是現代人，心裡沒有太過的等級觀念，反倒覺得這樣和趙佶說話才是最正常的事，那動不動又是微臣，又是屈膝，反倒不正常了。

他心念一動，見自己的碧衣公服被打濕了，心裡有些懊惱，道：「這公服就算回去槳洗，這樣的天氣只怕也不易曬乾，哎，到時遊街的時候，麻煩楊公公到時候能不能幫忙借一套新的公服來給我穿穿。」

楊戩道：「什麼遊街？」

沈傲道：「不是說高上了狀元，要騎著大馬遊街過市的嗎？嘿嘿，實不相瞞，學生這個人還是挺好出風頭的，對這一日已經期待已久了。」

楊戩苦笑道：「誰說考上狀元要遊街的，咱們大宋朝，除了問斬的死囚，還沒有聽說過什麼事兒得要人遊街的。」

沈傲一聽，頓時羞愧得不說話了，電視劇裏的古裝戲真是害死人啊！臉兒差點丟大了。

到了後庭，景色陡然變幻起來，若說前殿雄壯開闊，這後庭卻多了幾分江南的雅致，亭榭樓閣在鬱鬱蔥蔥花木之中若隱若現，長廊上萬般艷麗的彩繪，時有宮女成群而過，見了沈傲，都是微微一愕，隨即輕笑抿嘴過去，臉上都升出些許緋紅。

「看什麼看，沒見過男人嗎？」沈傲心裡吶喊，隨即一想，也是，她們是宮女，常年待在宮苑裏頭，除了皇帝還真沒見過男人，罪過，罪過。本公子最近人品怎麼越來越壞了，宮女們都到了如狼似虎的年紀，正是幻想憧憬的時節，偶爾來了個男人，看一看有什麼關係？

沈傲心地很善良的，因此若有宮女過來，他便故意駐足個幾秒，暗中擺出一副任你觀摩的姿態教她們看個夠。

楊戩帶著他到了一處閣樓，叫沈傲好生在這裡等著，自己進去通報。過了片刻，才走出閣道：「沈公子，安寧帝姬請你進去。」

沈傲步入這女子閨閣。若是換了別人，這公主的閨閣是絕不允許男子進入的，不過沈傲的身分不同，他是個醫生，醫生有特權嘛。

「沈公子。」安寧公主的氣色好了許多，臉頰紅潤不少，裊娜的佇立在閣前的窗台，懸掛的七弦古琴之下，朝沈傲嫣然一笑。

沈傲大起膽子地看了安寧公主一眼，只見她雖是身軀纖細，精神卻是很好，再不復從前那羸弱的狀態。面凝鵝脂，唇若點櫻，眉如墨畫，神若秋水，說不出的柔媚細膩，一身翠綠的裙子，配合窗台之後的雨線滴答落下，更是顯得格外的奪目鮮潤，直如雨打碧荷，霧薄孤山，說不出的空靈輕逸，那一笑的風情，更叫人添了一種說不出的情思。

「沈公子請坐。」

楊戩搬了個錦墩來，沈傲大喇喇地坐下，呵呵笑道：「帝姬的氣色好了不少，想必學生的藥下對了。」

「嗯，說起來，還要謝謝沈公子呢，不過，這幾日天氣陰沉，心裡不免有些陰鬱！」

沈傲笑道：「只怕是帝姬聽多了悲曲，心情鬱鬱才是。」

他一語道出安寧的心結，這個時代的曲子太過悲切，安寧帝姬又是愛曲之人，每日守著那幾首悲傷蒼涼的曲子反覆吟唱，心情若是能開朗起來，那才是怪了。

安寧縝首一笑，道：「我的心情不好，沈公子也能治嗎？」

這是賴上自個兒了，沈傲想起趙佶的告誡，自是不敢再給安寧大唱淫曲，須知他心裡記下來的後世明元曲調，大多都帶了那麼一點點男歡女愛，說出來要死人的，連忙搖頭正色道：

「心病還須心藥醫，帝姬不妨多出去走走，多和人說說話，這心情自然好了。」

安寧清澈的眸子望著窗格外的雨線，不由地道：「這雨總是下不完，天公不作美，該如何出去?不如這樣，沈公子就陪我聊聊天吧。」

她輕輕地坐在錦墩上，好奇地打量了沈傲一眼，見沈傲一副老僧坐定的模樣，忍不住撲哧一笑：「沈公子，你就不能輕鬆一些嗎？」

沈傲緊繃著臉道：「帝姬，學生是個讀書人，很矜持很純潔的，男女之類的事又不懂，聊天這等事，還是請楊公公代勞吧。」

楊戩站在一旁，眼珠子都要瞪出來了，帝姬叫你聊天，你扯什麼男女之事做什麼？

安寧臉色飛紅，大著膽子啐了一口：「沈公子胡說八道的本事，安寧早有耳聞，請沈公子不要到我面前胡說好嗎？」

沈傲笑呵呵地道：「好吧，待會兒學生陪帝姬正正經經地聊天，不過現在，你得聽學生的話，讓學生來把把脈，看看病情好轉了多少。」

安寧伸出潔白如玉的手臂來，略帶些青澀地道：「就請沈公子診視吧。」

沈傲走過去，搭住她的脈搏，其實把脈的事，他懂得還沒有安寧懂得多，無非是趙佶叫他來探病，若是連把脈這道程序都沒有，淨想著去聊天，讓趙佶知道，必然又是懷疑他有不良企圖。

「不知道我現在把著王兄女兒的手，算不算是不良企圖？」沈傲心裡竊喜，無比正經地將手搭在安寧的手腕上，一副高深莫測的樣子，接著口裡突然咦了一聲。

安寧道：「沈公子為何驚嘆？」

沈傲道：「帝姬的脈象高深莫測，請帝姬安坐，讓本大夫再好好看看。」

他捏住安寧的手，感受著體溫和絲綢般的柔滑，輕輕抬眸望了安寧一眼，安寧羞澀的繯首垂頸，很是動人。

沈傲這般舉動，安寧豈有不知，世上哪裡會有大夫說什麼脈象高深莫測的，沈傲根本就不懂把脈。安寧久病成醫，見過的大夫不知凡幾，一眼便看出沈傲是個花架子，只是這一臉正經的樣子抓住自己的手，令安寧既羞澀又有幾分期待，她真不知道，這個壞傢伙，哪裡練來的厚臉皮和豹子膽！

把完了脈，安寧與沈傲心照不宣，沈傲縮回手去，故作高深地道：「帝姬的脈象穩定了一些，病情是好轉了。」

安寧眨著眼朝他問道：「對了，我聽說今日沈公子參加殿試，上午考的是書畫，不知公子考得如何了？」

楊戩忍不住在旁插言道：「帝姬，沈公子書畫無雙，自是一鳴驚人，一枝獨秀了。」

安寧很歡喜的樣子，笑著道：「是了，宮裏人都說沈公子是汴京第一才子，藝考自是不在話下的。」

是嗎？原來自己在宮裏的名頭這麼響亮？沈傲感到十分意外，隨即又釋然了，說起來，宮裏還有自己的半個親戚賢妃在呢。那些溜鬚拍馬、要討取賢妃歡心的人，好不容易抓了個機會，自是會在賢妃面前吹噓自己這個沈才子一番，賢妃深處宮苑，親眷在外，有人說了親近的好話，就是沈傲這樣的遠親，自也是歡喜無限的。

再加上有這位楊公公在，自己與楊戩二人關係處得極好，又有共同的利益，二人心照不宣，楊戩自也愛聽自己的好話的。

沈傲從容一笑道：「才子？不敢當，不過是懂些詩文，略懂些音律、斷玉罷了，公主過獎。」

他眼眸一瞥，看到安寧的梳妝台上有一本小冊子，定睛一看，小冊子有幾行密密麻麻的小詩，這幾行小詩似是卓文君的手筆。

卓文君是漢朝人，被後世稱爲四大才女之一，據說她是一個美麗聰明，精詩文，善彈琴的女子，當然，關於她的事跡，最有名的莫過於那一段鳳求凰的佳話了。沈傲心中不由地想，安寧喜歡卓文君，只怕這少女的心事裏，自是少不得司馬相如與卓文君的愛情故事。

想著想著，便心頭一熱，呵呵笑道：「帝姬也喜愛小詩嗎？」

安寧見他目光落在那詩冊處，顯出幾絲緊張之色，嗯了一聲，心頭禁不住地想：「他看破什麼了嗎？啊呀，他是這樣的聰明……」

沈傲顯得落落大方地道：「淒淒重淒淒，嫁娶不須啼，願得一心人，白首不相離。卓文君的詩太過悲切了，安寧帝姬心情抑鬱，還是少看這些爲妙。」

安寧咬唇道：「公子若是嫌她的詩悲切，何不如作一首詩來讓我聽聽，若是能歡快一些，自然便可令我心緒開朗了。」

作詩？這倒是問題不大，皇帝不許自己唱淫詞，作一首詩應當不成問題吧？沈傲沉吟片刻，對楊戩道：「能不能勞煩楊公公拿筆墨來。」

楊戩笑吟吟地正要說話，安寧先是站了起來，興致勃勃地到梳妝台前取了筆墨，放置在沈傲身前的桌案上，張著大眼睛道：「請公子揮墨吧。」

沈傲微微一笑，提筆寫道：「蹴罷鞦韆，起來慵整纖纖手。露濃花瘦，薄汗輕衣透。見有人來，襪鏟金釵溜。和羞走，倚門回首，卻把青梅嗅。」

這首詞乃是李清照前期的作品，她早年生活優裕，因而許多詩篇都是以歡快爲主，這首詞名叫《點絳唇》，詞作的開篇不寫盪鞦韆時的歡快，而是剪取了「蹴罷鞦韆」以後一刹那間的鏡頭。此刻全部動作雖已停止，但仍可以想像得出少女在盪鞦韆時的情景，羅衣輕揚，像燕子一樣地在空中飛來飛去，妙在靜中見動。

從鞦韆上下來後，兩手有些麻，卻又懶得稍微活動一下，寫出少女的嬌憨。由於盪鞦韆時用力，出了一身薄汗，額上還滲有晶瑩的汗珠。這份嬌弱美麗的神態，恰如在嬌嫩柔弱的花枝上綴著一顆顆晶瑩的露珠。

「露濃花瘦」一語既表明時間是在春天的早晨，地點是在花園，也烘托了人物嬌美的風貌。整個上片以靜寫動，以花喻人，生動形象地勾勒出一個少女盪完鞦韆後的神態。

下片寫少女乍見來客的情態。她盪完鞦韆，正累得不願動彈，突然花園裏闖進來一個陌生人。「見有人來」，她感到驚詫，來不及整理衣裝，急忙回避。「襪鏟」指來不及穿鞋子，僅僅穿著襪子走路，「金釵溜」是說頭髮鬆散，金釵下滑墜地，寫匆忙惶遽時的表情。詞中雖未正面描寫這位突然來到的客人是誰，但從詞人的反應中可以印證，他定是一位翩翩美少年。

「和羞走」三字，把她此時此刻的內心感情和外部動作做了精確的描繪。「和羞」者，含羞也；「走」者，疾走也。然而更妙的是「倚門回首，卻把青梅嗅」二句。它以極精湛的筆墨描繪了這位少女怕見又想見、想見又不敢見的微妙心理。最後，她只好借嗅青梅這一細節掩飾一下自己，以便偷偷地看他幾眼。

下片以動作寫心理，幾個動作層次分明，曲折多變，把一個少女驚詫、驚遽、含羞、好奇以及愛戀的心理活動，栩栩如生地刻劃出來。

安寧看了沈傲所寫的詞，小臉更是紅艷無比，她豈能不明白，這首詞雖是歡快，但難免意有所指，詞中那歡快的少女，似是在隱喻著什麼，還有那花園裏闖進來的陌生人，那翩翩美少年指的又是誰？

安寧深望沈傲一眼，情不自禁地想：「他是要效仿司馬相如鳳求凰嗎？」心裡對這個突然的想法，更是嬌羞，詞中少女的心態，只怕將她現在的心思展示的淋漓盡致，那種驚詫、驚遽、含羞、好奇以及愛戀的心理，翻江倒海般的衝擊而來。

安寧眼眸中掠過一絲茫然，卻是故作鎮定，呢喃道：「沈公子的詞兒作得很好，我……我很喜歡。」

沈傲見她這般模樣，連忙去看詞，心裡立即明白了，自己只怕又犯錯了！原本還想抄首歡快的詞來，誰知陰差陽錯，竟是忘了這詞也飽含了許多男女情事！哎，慘了，若是這詞教皇帝看到，可就糟了。

沈傲在心裡懊惱萬分，連忙噤聲，做出一副正正經經的樣子，見安寧還沉浸在詩詞中，心裡叫苦，隨即又想，本公子光明磊落，又什麼好怕的，不怕，不怕！

見天色不早，不由地想到此番進宮還沒有去探望賢妃一趟，自己是子侄輩，不去探訪於理不合，於是便道：

「帝姬，學生只怕要告辭了，學生想去賢妃娘娘那裏問個安，再者說，下午的殿試也要開始，還請帝姬恕罪！」

安寧正彷徨不定，連忙點頭道：「好，你去吧。」她不敢再去看沈傲的眼睛，清澈的眸子別到一邊去。

楊戩見帝姬這般模樣，心中也是暗暗奇怪，他自是不理解詞中的意思，見沈傲要去給賢妃問安，心底倒是覺得沈傲這番做得對，沈傲是賢妃的子侄，問安自是不會有人說閒話，便道：「帝姬，咱家也告退了。」

二人出了安寧的閨房，沈傲心頭頓時一輕，閣外的雨漸漸停了，閨閣裏的少女憑窗而立，窗外是她最熟悉不過的一片林園景致，花叢樹枝早已長出了嫩嫩的綠葉，在細雨的沐浴下，像似穿上了嶄新的綠裝，顯得一片盎然生機。

沈傲和楊戩的背影一前一後，沈傲踩著濕泥，腳步輕快，安寧望著他走路的樣子，不禁莞爾，這個呆子，真像個小孩子一樣，穿著一雙靴子，卻是故意要往積水裏去踩。

正在她一時沉吟的時候，沈傲突然旋身回眸，向這邊看來。

安寧嚇得臉色也白了幾分，連忙合上窗，心兒撲哧撲哧地急跳，又驚又羞地想，糟糕了，一定是被他看見了。

她驚魂未定，眼眸又落在那首小詞上，臉色緋紅，將作詞的紙收起來，小心翼翼地摺起，才放入梳妝台的櫃中去。

沈傲和楊戩到了賢妃的寢宮，這後庭之中規矩不少，就是嬪妃也有不同的等級，最顯赫的自是正宮的皇后娘娘，再下一級便是四夫人，分別是貴、賢、德、淑四妃，其餘的大多是才人、美人、婕妤、昭儀、昭容、修媛、修儀、修容之類，名號數不勝數。

賢妃在四夫人中排名第二，其地位只比皇后和貴夫人略低一些，因而她的宮寢佔地不小，處在一片假山園林之中。

楊戩先進去通報，賢妃宮裏的內侍、宮女一時雞飛狗跳，原來賢妃聽了沈傲來問安，心裡頗爲喜悅，在這宮中，極少有宮外的親眷來看她，而沈傲雖是遠親，卻是生得討人歡喜，況且這一次，他是參加殿試順道來的，周家有這麼一個才子，自是不能怠慢了，於是便教人準備，盡量使宮裏體面一些。

等沈傲進去，見到輕紗帳後若隱若現的賢妃，納頭便拜：「甥兒見過賢妃娘娘。」

「快起，快起來。」賢妃喜滋滋地道：「都是一家人，又不在人前，不必多禮的。」

躺在賢妃懷裏的小公主鼓著腮幫子道：「沈傲，你還沒有向我問安呢。」

「不懂事。」賢妃刮了一下小公主的鼻子，訓斥道：「他是你的表哥，問你的安做什麼，碧兒，你帶小公主到後苑裏去玩。」

小公主抗議道：「我要和表哥說話。」但還是很快被人抱走了。

宮中靜籟無聲，許久之後，便是沈傲低聲說起周家的近況。賢妃連連點頭，笑道：「家裏無事，我就放心了。」

沈傲笑道：「只要賢妃在宮裏，周家又會有什麼事，倒是娘娘在宮中，不知過得還好嗎？」

賢妃道：「又有什麼不好，待在這裏清靜怡人，無牽無掛呢。」

她這樣說，沈傲就明白了，賢妃只怕並不得趙佶的寵愛，難得她與世無爭，否則陷入勾心鬥角中，只怕就沒有這樣的心境了。

沈傲知趣地將話題移開，說了些趣事，看時間差不多了，才起身告辭。

賢妃帶著微笑道：「殿試在即，本宮也不留你，你好好考試，莫要分心。」

沈傲頷首點頭，又行了禮，方和楊戩退出去。

時候不早，殿試再過多半個時辰便又開始，沈傲出了後庭，在前殿等候片刻，鐘鼓響起，下午的阮考、玉考開始了。

步入講武殿，百官早已等候多時，沈傲尋了個角落先站著，等到趙佶在一群宮人的簇擁下進殿，楊戩才開始宣布：「宣阮考貢生入殿。」

阮考的貢生人數最少，只有四名，沈傲考了個第四，排在最末，進來的三個貢生，俱都是鬚髮皆白的人物，想來音律之道，年輕人很難憑藉智慧和衝勁拔得頭籌，倒是沈傲這個少年，在阮考貢生中顯得有些扎眼。

趙佶雖懂音律，也只是喜歡聽曲，並不喜歡看人作曲，所以憑著幾分興致闌珊地道：「今日的阮考，便用南呂這個詞牌吧，諸位若有佳作，便呈上來給朕看看吧。」所謂殿試，其實便是防止考官們舞弊而設置的，趙佶既是不感興致，這場考試自是從簡了。

四個貢生應命，紛紛在案前起書，試圖要將自己最好的作品呈送御覽。

足足半個時辰工夫過去，當先一鬚髮皆白的老貢生率先交卷，楊戩將他的卷子呈上，趙佶細細一看，這只是一首短詞，詞是：

「睡海棠，春交晚，恨不得明皇掌平看。霓裳便是中原亂。不因這玉環，引起那祿山，怎知蜀道難！」

這詞講的是唐明皇的故事，說的是唐明皇寵愛楊玉環，引來了安祿山，因此倉皇逃命，奔往蜀道。詞中頗有隱喻，趙佶一看，心中佛然不悅，心裡想，今日是殿試，這貢生做這樣的詞兒是來警示朕嗎？哼！朕又不是唐明皇，要他多什麼嘴？眉頭一皺，隨即將試卷放到一邊，不再理會。

接著，第二個貢生呈上自己的試卷。

這個貢生生得幾分瀟灑，雖年紀不小，相貌卻是俊秀，趙佶對此人的印象頗好，總算提出幾分興致去看他的詞：

「幕雨迎，朝雲送，幕雨朝雲去無蹤。襄王謾說陽台夢。雲來也是空，雨來也是空，怎捱十二峰。」

仍然是以南呂爲詞牌的詞，意思卻是截然相反，說的是襄王與神女之間偷情的故事，趙佶乍看之下，覺得有些意思，只是那萬般皆空的蕭索感慨卻令他皺起眉頭，堂堂君王，奈何不了十二峰，不能與情人相會？

「哼！普天之下莫非王土，率土之濱莫非王臣，朕即是天子，天子與神女又爲何不能相會？」他臉色略帶些許陰鬱，不悅地將試卷放置一邊。

第三個作出詞來的另一個貢生，此人是四個貢生裏除了沈傲外，年紀最小的，眼見趙佶臉色不好，小心翼翼地將詞兒交由楊戩奉上。趙佶看了看，詞兒寫道：

「送客時，秋江令，商女琵琶斷腸聲。可知道司馬和愁聽。月又明，酒又醒。客乍醒。」

詞意是說送客人走的時候，正是秋日，江面淒冷。歌女彈唱著送別的曲調，讓人分外感傷。她可曾知道我在和著愁緒傾聽。月亮已掛上了天空，酒意已濃，客居的人猛然驚醒。

這首詞只有風花雪月，卻沒有觸碰到趙佶的逆鱗，趙佶頷首點頭，叫了個好字。貢生聽了皇帝叫好，頓時心花怒放。

等到沈傲的詞兒送上，趙佶饒有興致地去看卷，詞兒寫道：

「採藥童，乘鸞客，怨感劉郎下天台。春風再到人何在？桃花又不見開。命薄的窮秀才，誰教你回去來？」

趙佶沉吟起來，慢慢參透詞意，詞裏蘊含著一個故事，意思是說，本來是採藥童子的劉晨，在天台山遇見了仙人，便成了乘駕鸞鳥的仙客，可惜的是，他又因思想凡世下了天台山。到如今春風再次吹來時，當年遇到的仙人卻不知在哪裏？桃花也不見再次開放了。唉，這個命薄的窮秀才，誰讓你又回去了？

這支小令詠的是漢朝末年的劉晨入天台的故事。他在山中採藥，遇到兩個仙女，與她們結為夫婦，共居半年，卻又思念故鄉，於是便偷偷溜下仙山，才發現眼前的一切已是物是人非，他的子孫已歷七世。

此曲以對比的手法抒懷。開頭寫到晨由「採藥童」成為「乘鸞客」，寫出的仙境令人嚮往。待到下天台，離開仙境，卻世事皆非，重返天台，卻又有「桃花不開人何在？」的悲涼。表達了對現實人世的嫌惡。「誰叫你回去來？」以反問句結尾，增強了情感力度，有力地表達了激憤之情。

趙佶對求仙之事頗爲熱衷，這個典故他自是知道，心中忍不住唏噓，情不自禁地道了一個好字，便不再透露口風，對阮試貢生道：

「諸卿且退下候旨吧。」

請續看《大畫情聖》七　天縱奇才

大畫情聖 六 東窗事發

作者：上山打老虎
出版者：風雲時代出版股份有限公司
出版所：風雲時代出版股份有限公司
地址：105台北市民生東路五段178號7樓之3
風雲書網：http://www.eastbooks.com.tw
官方部落格：http://eastbooks.pixnet.net/blog
Facebook：http://www.facebook.com/h7560949
信箱：h7560949@ms15.hinet.net
郵撥帳號：12043291
服務專線：(02)27560949
傳真專線：(02)27653799
執行主編：朱墨菲
美術編輯：許芷姍

法律顧問：永然法律事務所 李永然律師
北辰著作權事務所 蕭雄淋律師

版權授權：蔡雷平
初版日期：2014年1月
初版二刷：2014年1月20日
ISBN：978-986-5803-31-5

總經銷：成信文化事業股份有限公司
地　址：新北市新店區中正路四維巷二弄2號4樓
電　話：(02)2219-2080

行政院新聞局局版台業字第3595號 營利事業統一編號22759935

定價：280元　特惠價：199元

國家圖書館出版品預行編目資料

大畫情聖／上山打老虎 著. -- 初版. -- 臺北市：
風雲時代，2013.08 -- 冊；公分

ISBN 978-986-5803-31-5（第6冊；平裝）

857.7　102015353